Yanılsamalar

Suleyman Turan

Published by Suleyman Turan, 2023.

YANILSAMALAR

First edition. March 14, 2023.

Copyright © 2023 Suleyman Turan.

ISBN: 979-8215586013

Written by Suleyman Turan.

Also by Suleyman Turan

Yanılsamalar
Fransızca Öğrenmeyi Seviyorum
İngilizce Öğrenmeyi Seviyorum
99 Hayat Dersi
Ne Yapmalı?
Yanılsamalar 2 (ABD Rusya Savaşı)
Illusion (Infinite Intelligence)
I Like Learning French
Kumar, Olasılık ve Matematik
Gizli Hazine ve On İki Kadın
Hitler'in Muskası

İçerik tablosu

YANILSAMALAR

https://suleyman-turan-eserleri.business.site/

YANILSAMALAR

(Kurtlar Vadisi Kafes)

Tabancanın soğuk namlusu alnı ile kulağı arası bir yere dayalı halde kendine geldiğinde nerede olduğu hakkında en ufak bir fikri yoktu. Yanı başında can alıcı kuş misali duran adam, yalnızca "anlat" diyordu.

-Neredeyim ve sen kimsin? Diye sordu çelimsiz adam. Beti benzi atmıştı ve konuşacak takati yoktu. Neredeyse iki gündür her yeri çelikten bir kafesin içine kapatılmıştı ve kendinden geçmiş halde yatmıştı. Siyah bir kuşakla kapatılmış gözleri açıldığında, göz kapaklarını hareket ettirmekte güçlük çekiyor, karşısında duran kar maskeli adamı parmaklıklar arasından oldukça bulanık görüyordu.

-Bienvenue à la vallée des loups! Dedi sorgucu adam.

-Ne diyorsun, kurtlar vadisi de nedir?

-Artık elimizdesin. Fransa ile İsviçre arasında kimsenin yaşamadığı ıssız bir bölge burası. Alplere yakın derin bir vadinin en kuytuluk yerindeyiz. Etrafta cana yakın bazı komşularımız yok değil tabii ki! Kurt sürüleri... Anlayacağın serbest bile bıraksam gidebilecek halde değilsin. Konuşursan ve beni ikna edebilirsen, öngörülecek cezayı çektikten sonra uygun şekilde çekip gidersin. Aksi halde, insani ihtiyaçlarını karşılamak haricinde, bu kafesin içine mahkumsun, dedi sorgucu adam elindeki tabancayı doğrultmaktan vazgeçip, beline takarken...

-İyi de neden? Dedi adam. Benimle sorununuz nedir? Yüzü çaresiz ve solgun; saçı başı dağınık haldeydi. Sorgu sual edilmeden saatlerce dövüldüğünden üzerindeki beyaz çizgili mavi gömleği ve kot pantolonu kana bulanmış ve lime lime olmuştu.

Sorgucu, adama su ve yemek verdi. Kendini toparlaması için zaman tanımalıydı. Odanın kapısını sertçe vurup, dışarı çıktı. Bitkin haldeki adam büyük bir bardak içindeki suyu tek dikişte içti. Önüne konan yemeğiyse zor bela yiyebildi, zira elleri mosmordu ve uyuşmuş parmakları tahta kaşığı tutmakta zorlanıyordu. Bu hale nasıl geldiğiyle ilgili en ufak bir fikri yoktu. Dayak yediği anları anımsamıyordu. Son hatırladığı şey, Lyon'da bir barda eğlencede olduğuydu. Sırtına sert bir cisimle vurulmuş ve film orada kopmuştu.

Bir süre sonra sorgucuyu yeniden karşısında görünce, bir şey söylemesine fırsat vermeden:

-Titanik'in başına gelenleri filmlerde ve kitaplarda anlatıldığı gibi sanırsan aldanırsın, dedi. Kuvvet almak için kafesin bir parmaklığına sıkı sıkıya tutundu.

-Dinliyorum, dedi sorgucu.

-Geminin buzdağına çarparak batma hikayesi baştan aşağı yanlıştı. Olay insanlara yansıtıldığından çok daha farklı gelişmişti.

-Öyle mi, dedi sorgucu. Adamı ciddiye almış görünmüyordu, ama yine de devamını dinlemek istiyordu.

-Gerçekte, Titanik'in sonunu getiren "bu gemi o kadar sağlam ki Tanrı bile batıramaz" sözü olmuştu. İnsanlara aktarılanlarsa başkaydı.

-Hakikati senden dinleyelim o halde! Neymiş bakalım işin gizemi! Dedi. Sözleri alaycıydı.

Adam uzak geçmişte yaşadığı, bulanıklaşmış bir anısını hatırlamak istercesine derin düşüncelere dalarak:

-Titanik, İngiliz Donanmasına ait bir gemiyle çarpışarak batmıştı ve bu bir kaza değildi. Orduya ait gemiye komuta eden üst düzey asker koyu Katolik, oldukça dindar biriydi ve bu sözler onu çok kışkırtmıştı. Olayın tetikleyicisi oydu ve rütbesi Amirallikti, dedi.

Tuhaf görünen bu sözler üzerine:

-Bildiğim kadarıyla bu gemiyi Tanrı bile batıramaz sözü, Titanik denize açıldıktan sonra sarf edilmişti. O halde bahsettiğin Amiralin bunu duyması nasıl mümkün olabilirdi? Diye sordu sorgucu. Adamın mantıklı bir açıklama yapamayacağından neredeyse emindi. Tutunduğu parmaklığı bırakıp, kafesin içine çömelen adam, yediği yemek sayesinde az da olsa güç toplamıştı. Ellerini ve vücudunu daha iyi hissediyordu.

-Elbette ki o cümle daha önce de sarf edilmişti, dedi. O söz ilk olarak, gemi daha tersanede inşa halindeyken, montaj işi yapan ustalardan biri tarafından söylenmişti. Kulaktan kulağa yayılan o talihsiz cümle İngiliz Amiraline aktarıldığında "o lanet gemiyle okyanus ortasında karşılaşmak istemem" demişti. Zira böyle bir durumda nasıl bir reaksiyon göstereceğini kendi de bilmiyordu.

-Peki sonra ne oldu?

-Bu sinir bozucu söz askerin kafasına çivi gibi çakılmıştı ve takıntı haline getirmişti. Biraz konyak içip sakinleştiği, daha doğrusu keyfinin yerinde olduğu anlarda, vicdanı ve üst beyni ona "bir cahilin sarf ettiği aptalca bir söz, üzerinde durmaya bile değmez" diyordu. Jet hızında çalışan alt beyni ise "o gemiyi batırırsan sonsuza değin cenneti hak edersin" diyordu. Tıpkı hiyerarşide astın üstün emirlerini hiçe sayarak etrafı dağıtması gibi bir şey yaşandı. Aylar sonra, her iki gemi okyanus ortasında seyrederken, kaptan köşküne giren Amiral yeni rotalarını kaptana iletti. Neler olduğunu anlamayan ve itiraz eden kaptana silahını doğrultan komutan "emrimi mi sorguluyorsun?" diye sordu.

Korkuya kapılan kaptan belirtilen rotaya yönelmek zorunda kalınca, devasa gemiler okyanusun ortalık yerinde çarpıştı.

-Biraz saçma değil mi? Yani boşboğazca söylenmiş bir sözden yola çıkıp yüzlerce kişinin hayatına mal olacak bir hamleyi o seviyedeki bir asker nasıl yapar?

-Elbette ki yapmamalıydı, dedi adam. Alt beyin, yukarıya karşı konulamaz bir sinyal gönderince olanlar olmuştu. Çünkü bilincimizin bir kısmı bilinçaltından yönetilir. Sükunetiyle tanıdığımız insanlar hiç hesapta olmayan bir hareket yaptıklarında bunu ondan hiç beklemezdim dediğimiz şey tam da budur! Sonuç itibarıyla tek suçlu vardı ve o da felekti! Bu anlamda Amirali de tek başına suçlayamam! Aslında ortada gerçek bir suçlu olup olmadığı da kuşkuluydu. Olsa bile kim kimi cezalandıracaktı!

-Anlattıklarına bakılırsa adam son derece dindar biriydi. Radikal bile sayılırdı. Kendince birilerini cezalandırmak istemişti. Bu durumda suçlu o değil de kim peki? Felek derken kastın nedir? Diye sordu sorgucu.

Adam bir süre düşündükten sonra:

-Felekten kastım kaçınılmaz yaşanmışlıklar ve belki de kaderdir! Amiral henüz küçük bir çocukken başına acı bir olay gelmişti. Babası dindar bir çevrede yetişmesine rağmen ateist biriydi. Bir cenaze merasimi sırasında, yapmaması gereken bir şey yapmış; cahil bir adamla tartışmaya girmişti. Adam ölen kişiyi kast ederek "Tanrım onu sonsuz güzellikteki cennetine kabul et" diye dua ederken Amiralin babası "Tanrı yok, kendini yorma, her şey kandırmacadan ibaret evlat" deyince, onu açıklama yapmasına dahi fırsat vermeden defalarca bıçaklamış ve oracıkta öldürmüştü. Olayın temeli o günlere dayanıyordu, dedi.

-Bunun anlattığın olayla ilgisi ne peki?

-Son tahlilde Amiral beklenmedik şekilde, nefret ettiği adama özenmişti. Hiç tanımadığı bir insanı tek bir ifadesinden ötürü öldürme hakkını kendinde görmüştü. Hatta diğerlerini de! Kendince yel değirmenlerinden intikam almıştı. Normalde o cahil kişi Amiralin asla örnek almayacağı bir profile sahipti ve davranışları bu düzeyde bir subay için oldukça ters görünüyordu! Ayrıca babasını öldürdüğü için baş düşmanıydı! Ne yapalım ki insan bazen kendine en zıt olanı örnek alır ve en olmazı sever! İşte bu insan zaafiyetidir! Ya da insan doğasında pek fark edilemeyen gizemli bir yön!

-İnsan zaafı ha, bunu sevdim! Yine de suçlu değil diyemem, dedi sorgucu.

-Başka bir örnek vereyim! Mesela bilinç düzeyinde beğendiğin bir kadınla sohbet ediyorsun. Bilinçaltın "hayır, bununla kesinlikle olmaz" diyor. İçinden bir ses muhalefet ediyor. Çünkü yaşam boyunca gözlemlediği hemen her şeyi kaydedip harmanlıyor. Sonsuz bir bilgisayar gibi çalışıp bir sonuca varıyor. İzlediğimiz filmleri, hayatta yaşadığımız deneyimleri de dahil edip, karar veriyor. Bunun gibi bir şey işte!

Sorgucu karşısındaki adamı dinlerken, pantolonunun kemeriyle oynuyordu. Anlatılanlar içten içe hoşuna gitmeye başlamıştı. Düşmanını hafife almadığını belli etmek istercesine ciddi bir ses tonuyla:

-Peki, sen nasıl bir insansın? Güçlü mü, zavallı mı? Ya da bir efsane mi? Diğer insanların veya bilinçaltının etkisinde kalır mısın? Bir de şu yöneticisi olduğun meşhur örgütün var! Biraz da kendinden bahset bakalım! Dedi.

Derin bir nefes alan adam:

-Bu kafese kapatılana kadar geniş bir manevra alanım vardı ve güçlüydüm. Yaptıklarımla dünya çapında etkilere yol açabiliyordum. İnsanlarla iletişimim oldukça iyiydi. Şimdiyse her şeyimi kaybetmiş durumdayım ve örgütümü ifşa etmek üzereyim. Belki de yakalanmam bazı eğrileri doğrusuna getirecek. İnternetin insanları sabırsız, bencil, empati yoksunu kıldığı bu çağda erdemli bir davayı sürdürmek neredeyse olanaksız. Bulunduğum yerle ilgiliyse şüphe içindeyim. Nedense bu konuda doğruyu söylemediğine inanıyorum, dedi.

-Her şeyden önce durumu kabullenmen hoşuma gitti. Çünkü senin gibi adamlara kaybettiğini anlatabilmek oldukça güçtür. Bazen işkence etmek bile yeterli gelmez. Burası hakkındaki söylediklerime inanmaman ise tam tersine canımı sıktı. Her neyse, devamını dinlemek istiyorum.

-Oluşumumuzun sloganı şuydu: Dış güç yok, iç güç yok, tek güç var o da biziz. İçimizde gizli büyük güç... Gerisi figüranlar ve göz aldanmasından ibaretti. Yaptıklarımız, geleceğin öngörücüleri ve kaderin hükümranları adlı iki örgütten izler taşısa da hikayemiz bilinenden farklıydı.

-Peki asıl mesleğin nedir?

-Psikoloji eğitimi aldım. Üniversiteden mezun olduktan sonra, problemli insanları tedavi etmek ve sorunlarını çözmek için Brüksel'de bir klinik kurdum. Uluslararası pek çok seminere katıldım, danışmanlık yaptım, çeşitli eğitimler verdim, dedi adam. Ses tonu duygusuz ve mekanikti.

-Şu anlattığın psikolojik analizleri bir uzman gözüyle yaptın yani, öyle mi! O halde sende ilgi çekici hikaye çoktur. Doğru mu?

-Her psikolog gibi sıra dışı olaylara tanık oldum elbette ki! Takdir edersin ki hepsini paylaşmam mümkün değil!

-En azından bir kısmını duymak isterim. Örgütünle ilgili konular sonraya da kalabilir, nasılsa vaktimiz bol, diyen sorgucu eski bir dostunun anısını dinler bir edayla:

-İlginç bulduğun bir tanesini anlat bakalım, diye ekledi. Hoşuma giderse sana daha lezzetli yemekler ikram ederim. Belki dost bile olabiliriz! Kim bilir!

-Hangi yıldı bilmiyorum. Bir rahip vardı ve suça bulaşmıştı... Olayla ilgili olarak bilirkişi tayin edilmiştim ve araştırma savcısı tarafından kliniğime yollanmıştı.

-Suça karışmış bir Rahip mi! İlginç bir anekdot gibi görünüyor. Sonra?

-Onu tanımam, analiz etmem ve hakkında bir rapor yazmam gerekiyordu. Polis nezaretinde yanıma getirildiğinde elleri kelepçeliydi. Etrafına oldukça tuhaf bakıyordu. İlk olarak nasılsınız diyerek hal hatırını sormak istedim. Yanıtı çok ilginçti ve "kadınlardan nefret ediyorum doktor" diyerek girdi söze. Adama dikkat kesildim. Her hareketini ve özellikle mimiklerini gözlemliyordum. "Kadınlar, ruhları doymaz şeytanlardır. Çocuk yapma özellikleri olmasa benim gözümde birer hiçtirler. Ne yapalım ki cinsellik için de onlara ihtiyacımız var. Şu çoğu kez yaptıktan sonra pişmanlık duyduğumuz ve kendimizi berbat hissettiğimiz şey! Nihayetinde ateş yangın da çıkarır, yemek de pişirir. Her şeyi soğuk yemeğe alışık değilseniz onlara katlanmaya da hazırlıklı olmalısınız!" Diye ekledi. Çok hızlı konuşuyordu ve onu takip etmekte oldukça güçtük çekiyordum. Sizi kadınlardan böylesine soğutan şey nedir Peder? Diye sordum. Gözlerini kaçıran Peder, bir süre boş bakışlarla etrafı süzüp, derin bir nefes aldıktan sonra:

-Yirmi iki yaşına henüz adım atan kızım, dünyada başka erkek kalmamış gibi benden bile yaşlı bir adamla aşk yaşadı. Ondan intikam almak ve işini bitirmek için psikopat bir genci emellerime alet ettim. Bu durumda suçlu sayılır mıyım, dedi.

Sorgucu araya girerek:

-Tam olarak neyi kast ediyordu? Diye sordu.

-Yaşlı bir adamla ilişkisini onaylamadığı kızını aşırı kıskançlığıyla bilinen eski erkek arkadaşına öldürtmüştü. Yani cinayete azmettirmişti. Elbette ki bu tutum bir din görevlisinden beklenmeyecek özellikler taşımaktaydı. Bu nedenle, akli dengesinin yerinde olup olmadığının anlaşılması için bana yollanmıştı. Polis teşkilatı, onu buna iten temel nedeni öğrenmek istiyordu.

-Suçlu diye bir şey yoktur demeyeceksin umarım! En azından bu denli net bir olayla ilgili...

-İşin o kısmı benim problemim değildi. Bana verilen görev adamı ve olayı analiz edip, bir tespit yapmaktı. Bu sayede mahkemeye yardımcı olacaktım.

-Bir an suçlu yoktur, yanlış çevre vardır diyeceksin diye endişe ettim. Tanıdığım bir sosyolog papağan gibi bu cümleyi tekrarlardı.

-O kadar da değil tabii, ama olabildiğince objektif olmalıydım. Örneğin zihin, yaşadıklarımızı işleyip, kendimizi gerçekleştirme yolculuğunda gideceğimiz yönü belirlememizi sağlar. Hatırladığımız anılar atacağımız adımlara yön verirken, kimi zaman hatırlayamadıklarımız da işe dahil olabiliyor. İşte bu nedenle bazı insanlar hayat yolunda başarılarına başarı eklerken, kimisi de tüm çabasına karşın hayatın her alanında başarısız kalabiliyor. Durup dururken veya olayın başkaca çözümü varken katil olup; hem kendi hem de başkasının hayatını karartabiliyor. Kimi zaman buna geçmiş yaşantısı sebep oluyor! Bizlerin anlamaya çalıştığı şey tam da bu! Hangi yaşanmışlık adamı yanlış tutum almaya itmiş olabilirdi... Sonuçta kızını adamdan ayırmayı da deneyebilirdi. Neden en kötü seçeneği tercih etti? Yanıtını aradığımız şey buydu.

-Bu bahsettiğin Peder tam olarak nasıl biriydi?

-Hayattan soyutlanmış bir adamdı. Bir gelecek planı yoktu. Olaydan hemen sonra iletişim kurduğu başka bir rahibin evinde bir odada tek başına yaşamıştı. O hariç hiç arkadaşı yoktu. Kısa bir süre sonra, kışkırttığı çocuğun her şeyi itiraf ettiğini duyunca kaçmış, kuzenlerine sığınmak için uzak bir şehre gitmişti. Kendisine buz gibi davranan kuzenleri bırak onu saklamayı konuşmayı dahi reddetmişlerdi. Akrabaları tarafından ihbar edilmiş ve kıskıvrak yakalanmıştı. Bu olay, dengede olmayan psikolojisini iyice çökertmişti. Kimselere güveni kalmayan peder, her yeri bir tiyatro sahnesi olarak görüyordu. İnsanlar ve özellikle de kadınlar hep kötü roldeydi. Geçmişine dair sorular sorduğumda, sık sık arabasının tamir edilmesi gerektiğinden bahsediyordu. Aynı cümleyi defalarca tekrarlıyordu. Kendisinden bakılması ve iyileştirilmesi gereken, araba kullanan bir varlık olarak bahsediyordu. Çevresindeki insanlardan araba parçalayıcısı canavarlar diye söz ediyordu. Zayıf ve ne yaptığını bilmeyen bir çocuk gibi davranan bu adam bana şunu sordu: Kliniğinizin önünde bir arada görüyorum. O gerçekten var mı yoksa araba kafamın içinde mi? Onu kim kullanıyor doktor?

-Adam hepten deliydi yani.

-Aslında rahiplik yapmasına nasıl izin verilmişti bilmiyorum. Psikolojisini çözmek ve analiz yapmak oldukça güçtü. Araba olayına neden taktığını öğrenmek istiyordum. Konuştukça, bir şekilde onun iç tiyatrosunun izleyicisi oldum. Somut doğrulara aykırı düşüncelerinin yanı sıra, dış gerçekliği iç gerçeklikten ayırt etmedeki zorluğuna şahit oldum. Hayal gücü sınırsızdı. Bu nedenle sanrılarını realiteden uzaklaştırmak çok güçtü. Bir keresinde "gözlerimde büyük bir güç var, bakışlarımla arabaları durdurabilir ve insanları felç edebilirim" dedi. Ona göre sadece dua ederek bunu başarabilirdi. Adamın iddiası buydu.

-Çok tuhaf bir kişiliği varmış, dedi sorgucu.

Serge bir süre suskunluğa büründü. Yorulmuştu.

Sorgucu, adamın bir süre dinlenmesine izin verdi. Bu arada, konuştuğu kişinin ismini dahi bilmediğini fark etti. Daha derin sohbetler öncesi bunu öğrenmeliydi. Ona plastik bir kapta getirdiği kahveyi ikram ettikten sonra:

-Gerçek adın nedir? Sadece kod adları kullandığını biliyorum, dedi.

-Adım Serge. Bu isim bana büyükbabam tarafından verilmiş. El koyduğunuz kimlikteki ismim ise gerçek değil, zira belge sahte! Elimde onlardan yüzlercesi var!

-Bu işlere nasıl bulaştın Serge? Bir mesleğin ve kariyerin olduğunu söylüyorsun. Hayatında eksik olan neydi? Neden bu yola girdin?

-Hikaye oldukça uzun, dedi adam.

-Vaktim bol, dinlerim, diye karşılık verdi sorgucu.

-Hareketimizin kurucusu Alain Mathieu' ye göre en büyük düşmanımız bir İngilizdi. Büyük üstat adını verdikleri biriydi. Tabii ona göre bahsi geçen üstat aslında iki farklı kişiydi.

-Ne demek aynı isimde iki kişi? Böyle bir şeyi daha önce hiç duymamıştım.

-Büyük üstatların biri asker diğeri sivildi. Kurdukları masonik örgütü ortak akılla, beraberce yönetiyorlardı. Asker olan aynı zamanda emekli bir ordu istihbarat başkanıydı. Dünyadaki terör olaylarında ekonomik ve siyasi krizlerde hep onların payı olduğu söylenirdi. Sonuçta olup biten pek çok olayı yönlendirecek güce sahiptiler.

-İki başlı bir şekilde ortak akılla yönetim! Dedi sorgucu. Pek ikna olmuşa benzemiyordu. Bir asker ve bir sivil her zaman anlaşamaz ki! Yanılıyor muyum yoksa? Diye sordu.

-Aslında yanılmıyorsun. Anlaşmazlığa düştüklerinde sorunu zar atıp çözüyorlarmış. Büyük atanın kararı geçerli oluyormuş. Bildiğim bu.

-Birini öldürüp öldürmemeye de bu şekilde karar vermediklerini umarım! Zira bu çok tuhaf bir durum olurdu! Hayatının atılan zarlara bağlı olduğunu düşünsene!

-O kadarını bilmem. Bildiğim, Batı ülkelerinde gerçekleşen pek çok olayda parmaklarının olduğuydu. Mesela bir zamanların efsane Başkanı Kennedy'yi onların öldürttüğü iddialar arasındaydı.

Titanik'in batmasına bulduğu alternatif teori bir yana, bu sözler sorgucuya oldukça garip görünmüştü.

-Bu çok komik bir iddia. Büyük üstat hangi sebeple Kennedy'yi öldürtmüş olsun ki? Belki de çoğul ifade kullanmalıyım: Üstatlar! Yine de dinlemek isterim, dedi.

-O suikastın arkasında bu adamlar vardı. Çünkü John Kennedy son derece aydın ve demokrat biriydi. Üstatlara göre Başkan, Amerika'yı sol siyasete doğru kaydırma hazırlıkları içindeydi. Pek belli etmese de komünist felsefenin fikir babası Karl Marx'a hayrandı. Kennedy' yi öldüren tetikçi Oswald bilinçli olarak basın aracılığıyla sosyalist olarak lanse edilmişti. Çocukken sosyalizm hakkında kitaplar okuduğuna dair yazılar ardı ardına kaleme alındı. Oysa bunu yapan Kennedy'nin kendisiydi ve basın her zamanki gibi perdeleme görevi yapıyordu.

-İnsanların yanlış yönlendirildiğini söylüyorsun. Peki üstatların temel amacı neydi? Mantıklı bir açıklaman var mı?

-Üstatlara göre tüm dünya sosyalist sistemle değil; kapitalist yapılarla ve liberal ekonomilerle idare edilmeliydi. Kennedy'nin izleyeceği yol haritası sayesinde ABD sol siyasete kayarsa büyük riskler oluşacaktı. Büyük satrançtaki tüm kozlar Rusların ve diğer doğu bloğu ülkelerinin eline geçecekti. Onlara göre eşit olma isteği bir hastalıktı, rahatsızlık vericiydi ve ütopikti. Zira insan doğası gereği doymak bilmezdi. İnsanoğlu hep arayıştaydı ve öyle kalmalıydı. Lada marka bir araba ve bahçeli bir evle tatmin olamazdı! Kaldı ki komünist sistemle bile tam bir eşitlik sağlamak olanaksızdı. Onlara göre Marx yaşadığı zayıflıkların intikamını tüm insanlıktan almak istiyordu. Anarşist fikirlerinin temelinde bu zayıflıkları vardı. Mesela Almanya'da çok soğuk bir kış gününde odun satın alabilmek için paltosunu bile satmıştı ve bu ona çok ağır gelmişti. Yaşadığı zayıflıklar yüzünden rövanş alma derdindeydi.

-İlginç! Devam et bakalım!

-Yıllar sonra üstatlara karşı misilleme yapmak amacıyla başkaca bir oluşum meydana geldi. Demokratlar her şeyin farkındaydılar ve intikam almak istiyorlardı. Kara hücre adlı bir örgüt oluşturuldu. Hücre İngilizce kara Fransızca olarak ifade ediliyordu. Cell noir olarak. Tabii cell ifadesinde göze atıfta da bulunuluyordu ve semboller öyle dizayn edilmişti. Olayları gören ve bilen bir göz söz konusuydu... Kendilerine ışığı sönmeyecek aydınlanmışlar diyorlardı. İddialarına göre dünyevi koşullarda sonsuz güçlüydüler ve Tanrı karşısında birer hiçtiler. Kara kelimesini kullanma nedenleriyse, onu aydınlığa çevirme hayalinden ve isteğinden kaynaklıydı. Kendilerine ait özel tapınakta dua ettiklerinde onlarca beyaz mumu aynı anda yakıyorlardı.

-Neden bu diller seçilmişti peki?

-İki kurucudan biri Fransız biri Amerikalıydı. Her ikisi de bahsi geçen dillere oldukça hakimdi. ABD'nin bağımsızlığına atıf da söz konusuydu tabii...

-Ne de olsa bağımsızlık savaşı İngilizlere karşı başarılmıştı ve yardım Fransızlardan gelmişti. Kendi içinde mantıklı bir yaklaşım!

-İma edilen tam da buydu. Yazışırken iki dilden kelimeler kullandıkları gibi satır aralarına İtalyanca ve İspanyolca kelimeler serpiştiriyorlardı. Birbirlerine yolladıkları mektup istenmeyen birinin eline geçtiğinde yazılanları anlamayı olanaksız kılmak istiyorlardı. Yedi farklı anlamda kullanılan bir kelimeyle gerçekten ne kast edildiğini yalnızca onlar bilirdi. Kurdukları örgüt bir ahtapot gibi dünyanın her yanını sarsa da birbirlerinden başka kimseye güvenleri yoktu. Otoritelerini para gücüyle sağlayıp sürdürüyorlardı. Aslında bu solcu olduğunu iddia eden birileri için oldukça garip bir durumdu.

-Paranın bir işe yaramadığını iddia edemezsin o halde?

-Filmin başında ve ortasında işe yarayabilir, sonunda ise bir hiçtir. Son tahlilde satrancın sonucunu erdem ve cesaret belirler; üzerinde birtakım rakamlar yazılı kağıt parçaları değil.

-Senin bu örgütle bağın nasıl oluştu peki? Bu işlere nasıl bulaştın?

-Ben organizasyona katıldığımda henüz on sekiz yaşındaydım ve öğrenciydim. Hemen her kademesinde görev aldım desem abartmış olmam. Özellikle otuzlu yaşlarda önemli roller üstlendim. Son yıllarda ise özellikle bazı Türk ve Amerikalı dostlarımın da yardımıyla örgüte tamamen hakim olup, yapısını değiştirdim. Para ve güçle değil; sevgiyle, insanları ikna ederek hükmetmeye başladım. Ta ki siz beni ele geçirene kadar. Tabii nerede hata yaptığımı bilmiyorum. Teknolojinin bu kadar ilerlediği bir çağda hata yapmamak neredeyse olanaksız.

-Bana iletilen bilgilere göre binlerce kişinin ölümünden ve dünyada gerçekleşmiş yüzlerce olaydan sorumlusun. Tüm bunlar doğru mu peki?

Bu iddia Serge'in gerilmesine yol açtı. Yüzü sertleşti. Ses tonunu belirgin biçimde yükselterek:

-Bu asla doğru değil. Ben Katharım. Hıristiyan Alevisiyim. Bırak bu kadar insan öldürmüş olmayı, herhangi bir canlıya kıymaya yetkim yok. Sadece belli bir hukuk çerçevesinde öldürmek ve buna yönelik emir vermek meşru sayılıyordu, ama hiç birine dahlim olmadı, dedi.

Sorgucu bir an duraksadı. Odanın içinde ileri geri birkaç tur attıktan sonra:

-Sana inanmıyorum. Öyle bile olsa başka üyelerin yaptığı eylemler seni bağlamaz mı? Hem bu Hıristiyan Alevisi saçmalığı da nedir? Almanların laik Türkleri kast etmek için kullandıkları Aleviten kelimesi dışında buna benzer bir ifadeyi hiç duymamıştım, dedi.

-Senin ne duyup ne duymadığım umurumda değil! Bizim felsefemizin temeli Hıristiyanlıktır ve kimseyi hor görmeme üzerine kuruludur. Eğitim, öğretim ve kültürü çok önemseriz. Vejetaryen ve barışseveriz. Kısacası aydın ve hümanistiz. Buna rağmen atalarımız Katolik kültürü için potansiyel bir tehdit olarak görüldüler. Çünkü büyüklerimiz Katolik ayinlerini, geleneklerini, dini kutlamalarını ve kurallarını reddettiler. Hep muhalif cephede yer aldılar ve çok acı çektiler.

-Kervan bildiği yolda yürürken muhalefet edenler uzun yaşamazlar. Tarih boyunca bu böyle oldu. Ataların bunu bilmiyorlar mıydı? Muhalif olmakta ısrar etmek akıllıca mı sence?

-Hiçbir zaman kötü insanlar olmadık. Sadece anlaşılma sorunumuz vardı. Felsefemizin kurucuları özellikle on üçüncü yüzyılda Batı Avrupa'da oldukça etkindi. Bu durum, başta Papalık olmak üzere, bazı güç odaklarını çok rahatsız etmişti. Yaklaşık otuz bin kişilik şövalye ve piyadelerden oluşan Haçlı ordusu, Kuzey Avrupa'dan Fransa'daki Pirene Dağları'nın eteklerine indi. Papa III. Innocentius'un emriyle harekete geçen askerler, bütün kasaba ve şehirlerdeki yerleşim alanlarını yağmaladı, kadın çocuk demeden halkımızı kılıçtan geçirip, ekili tarlaları yaktı ve yöredeki bütün toprakları zorbalıkla işgal etti. Bölge tamamen ele geçirildikten sonra, hayatta kalanlar Engizisyon mahkemeleri kararıyla yakıldı. Aslında gerçek anlamda tarafsız bir yargılama bile olmadı. Zira hüküm baştan verilmişti. Yaşanan trajediyi kelimelerle anlatmak olanaksızdı! İyi kalpli insanlara çok büyük haksızlıklar yapıldı.

-Hepsi bu mu?

-Devamı da var elbette! Papalık temsilcisi, Papa II. Innocentius'a yazdığı mektubunda "kadın, erkek, çocuk ayrımı yapılmadan herkes öldürüldü. Tanrı, hangisinin günahkar olduğunu kendi seçsin!" diyebiliyordu. Ona bakılırsa öldüren değil ölen suçluydu! Bu kara günden sonra sağ kalan bazı Katharlar bir direniş örgütü kurmaya karar verdiler. Son tahlilde amaç tüm dünyada hümanist felsefemizi egemen kılmaktı. Bir takım örgütlerin temelleri böylece atıldı. Çok zekiydiler. İletişim konuşundaki gizlilik yöntemleri akıllara durgunluk verecek kadar karmaşıktı. Teknoloji ne kadar ilerlerse ilerlesin bazı hususlar ve gizli kaideler hep aynı kalacaktı. Ayrıca ne sebepten olursa olsun canlıları öldürmeme fikri değişime uğradı. Amaca giden yolda düşman öldürmek normal sayılmaya başlandı. Dünya kötü bir yerdi ve bazı olaylara misilleme yapmak, orantılı şekilde karşılık vermek zorunluydu. Son dönemlerde kurulan bazı örgütlerin temelleri de o günlerde atılmıştı. O yıllarda yaşananları bilmeden bugünleri anlamak mümkün değildir. Ben Cell Noir'da güçlü konuma geldikten sonra ilk yaptığım icraat, örgüt içindeki insanlara hümanizm aşılamak oldu. İnsan haklarına ve doğaya saygılı olma konusunda örnek oldum. İnsana, hayvana, ağaca karşı merhameti tavsiye ettim. Savaş iyiler ve kötüler arasında olup bitiyordu ve biz daima iyi olmak zorundaydık. Daha doğrusu buna mahkumduk.

-Seni affedeceğim düşüncesiyle çözüldün sanırım, dedi sorgucu. Ses tonu ve beden dilinden memnun olduğu izlenimi veriyordu.

Serge, kurduğu her yeni cümleyle biraz daha yorgun ve bitkin düşüyordu. Ses tonunda teslim olmuş bir hava vardı. Hayatının son anlarına geldiğini hisseden yaşlı insanlar gibi davranıyordu. Öte yandan yaptıklarından asla pişman değildi. Kararlı bir sesle:

-Senden bir şey beklediğim falan yok! Kim olduğumu, neler yaptığımı sordun, söyledim. Hayatım boyunca o kadar acı çektim ki yenilerine hiç hazır değilim ve istediğini vereceğim, dedi. Filmin sonuna geldiğimin ben de farkındayım. Beni diri tutacak kadar su ve yiyecek verirsen her şeyi öğrenebilirsin ve sonrası sana kalmış, diye ekledi.

-Geçmişi trajik dava adamlarına asla güvenmem. Anlattıkları her zaman biraz eksik kalır. Gizemli yönlerinden ve gururlarından tamamen arınmaları olanaksızdır. Bunları yılların birikimi tecrübemle söylüyorum.

-İnan bu sefer öyle olmayacak. Çünkü oyun bitti, dedi adam.

Sorgucu, kafesin etrafında birkaç tur attı. Bir sigara yaktı. Birkaç dakika sessizce durup sorguladığı adamı inceledi. Gömleği parçalandığı için vücudunun üst kısmı neredeyse çıplak kalmıştı. Serge'in sol göğsünün hemen altında bir göz resmedilmişti. Uzaktan açıkça seçilebilen bu sembolün altındaysa belli belirsiz bir gözyaşı resmi kazınmıştı. Bu işaretler dikkatinden kaçmadı.

-Bu göğsüne kazılı resimlerin bir anlamı var mı? Diye sordu sorgucu yüzündeki maskeyi çıkartırken. Artık kendini gizleme gereği duymuyordu. Zayıf yüzü tamamen ortaya çıktı. Geniş omuzlu, göbeksiz, sert bakışlı biriydi. Sarışındı. Belli belirsiz ince kaşları ve yeşil gözleriyle Orta Avrupalı aşırı milliyetçileri anımsatan soğuk bakışlara sahipti. İnsanları sorgulamaya ve onlardan yeni şeyler öğrenmeye bayılırdı.

-Elbette ki bir anlam ifade ediyor, dedi Serge. Hem de çok önemli şeyleri! Kendisi için çok derin anlamları olan semboller için resimler ifadesinin kullanılmasına içerlemişti.

-Neymiş bakalım!

-Duvardaki gözyaşı. Anlamı bu. Henüz çocuk olduğum yıllarda bu ve benzeri sembolleri kolye olarak boynumuza asardık. Son zamanlardaysa vücuda kazıma modası başladı. Bunları bahsettiğim trajediyi asla unutmayalım diye taşıyoruz. Bu sembolleri taşımak, Katharlar arasında oldukça yaygın bir gelenektir.

-Tam olarak detayı nedir?

-Sahip olduğu tüm çocuklarının bir kiliseye toplatılıp, aynı anda yakılmasını ve kilise duvarlarına asılı onlarca insanı öylece uzaktan izleyen bir kadının akıttığı çaresiz yaşlarını sembolize ediyor. Gözbebeği içindeki b harfi ise Fransızca' da iyilik anlamına gelen la bonté'nin ilk harfidir. Son tahlilde hayat iyiler ve kötüler arasında bir oyundur ve bizim safımız nettir. Verilmek istenen mesaj bu!

-Çok üzüldüm ölenler için, dedi sorgucu. Sözleri soğuktu. O kadar ki Serge, samimiyetine inanmamıştı.

-Başka ne bilmek istiyorsun?

-Okulda en nefret ettiğim ders Tarihti. Buna rağmen sabırla dinliyorum. Çünkü üstlerime bilgilendirme yapmam gerekiyor. Yardımcı olacağını umarım.

-Sorgudan sonra beni neler bekliyor? Diye sordu Serge, sonu belirsiz bir maceranın içinde olduğunu düşüncesiyle...

-Henüz karar vermedim. Belki bu sıra dışı hikayelerin alt beynimde bir çağrışım yapar ve hiç beklenmedik bir karar vererek serbest bırakırım. Kim bilir! Dedi sorgucu.

-Madem böyle bir olasılık vardı, neden beni en başından böylesine hırpaladınız? Konuşmaya başlamadan ölebilirdim de...

-Bizde yöntem, sorgudan önce gözdağı verme üzerine kuruludur. Bugüne kadar, biraz dayak yemeden konuşan kimseye rastlamadım.

-İyi de siz kimsiniz?

-Örgütümüzün adını veremem. Tek bilmen gereken dünyanın, bir takım gizli yöntemlerle bizler tarafından yönetiliyor olduğudur. Hükümet üstü yapıların da üstünde olduğumuzu söyleyebilirim. Anlayacağın yönetenleri yönetiyoruz. İşin özeti bu!

Bu iddialı sözler üzerine aralarında hararetli bir tartışma yaşandı.

-Dünya'yı yöneten teşkilatlar konulu pek çok kitap okudum. Onlarca komplo teorisi duydum. Bana kalırsa gerçekte dünyayı yöneten diye bir kavram yok. Kendini o derece güçlü gören ya megalomandır ya da cahil! Dedi Serge.

-Sen öyle sanıyorsun... Dünya nüfusunun planlanması, salgın hastalıklarla mücadele etme, demokratik reformlar, siyasi partilere yönetici atanması, finansman akışları dahil tüm olayların kontrolü bizde. Ayrıca sahip olduğumuz istihbarat ağı eşi benzeri görülmemiş derinlikte. Seni de bu sayede ele geçirdik! Her türlü teknoloji ve donanım elimizin altında! İşte durum bu!

-Afrika'da bulaştığı her iki kişiden birini öldürecek kadar tehlikeli bir salgına duyarsız kalırken, gelişmiş ülkelerdeki sıradan bir hastalığı dünyanın en büyük sorunuymuş gibi gösteren kurumları ve medyayı da siz organize ediyorsunuz o halde... Ya da fakir ülkeler çatıştığında, bu kadar nüfus zaten fazla, müdahil olmaya gerek yok, bırakalım birbirlerini öldürsünler düşüncesini kurumsallaştıran da sizler olmalısınız. Dünyayı yönettiğinize göre!

-Yanlış yoldasın dostum! Ben bunu demek istemedim!

-Afrika'dakilere kıyasla son derece masum olan virüs salgınları, bazı büyük ülkeler tarafından kaçınılmaz hale gelen krizlerin üstünü örtmekte kullanıldı. Milyarlarca insanla alay edildi! Devasa kaynakların bazı sermaye gruplarına transferini meşrulaştırmak ve en önemlisi de kapitalizmin kendi kendine büyüttüğü yapay balonu patlatmakta araç haline getiriliyordu. Krizle yüzleşmek yerine onu ötelemek için karşılıksız paralar basılmış, tahviller el değiştirmişti. Dengeleri yeniden sağlamanın tek yolu vardı: Balonu patlatmak! İşte tüm bunlar da benim gerçeklerim! Dedi Serge, sert bir yüzü ifadesiyle.

Sorgucu savunma pozisyonuna geçerek:

-Serbest piyasa ekonomisi ve kapitalizm yanlısı olsam da hiçbir zaman bu sistemin mükemmel olduğunu düşünmedim. Ancak dünyevi koşullarda en ideali budur. Sorunsuz bir ekonomik sistem dünyanın hiçbir yerinde yoktur. İnsan eliyle oluşturulmuş her sistemde mutlaka bir eksiklik ve zafiyet vardır! Hayatın kendisi acımasızdır! Biz veya savunduğumuz sistemler değil! Sadece oyunu kuralına göre oynamaya çalışıyoruz. Senin gibi dürüstlük budalalarının anlamadığı şeyse bu! Dedi.

Serge, sorgucunun son cümlesini duymazdan gelerek:

-Okuduğum kitapların birinde bir Avrupalı Başbakandan bahsediliyordu. Orada yazılanlara bakılırsa dünyayı beş kişi yönetiyordu ve o siyasetçi de onlardan biriydi. Söylediklerinle paralellik arz eden bu iddia, bana o kadar komik geldi ki anlatamam! Dedi.

-Neden komikmiş?

-Bahsi geçen politikacıyı detaylı inceleyecek olursan, daha cinsel dürtülerine bile hükmedemeyen bir kişiliği olduğunu görürsün. Dünyayı yönettiği iddia edilen kişinin genç kadınlara aşırı zaafı vardı. Düzenlediği saçma sapan partiler yüzünden hukuk sistemiyle başı hep beladaydı. Kendine hakim olamayan adamın dünyayı yönetmesi mümkün müydü? Hem o kadar güçlüyse neden hukuktan ve yasalardan üstün değildi? Öyle bir kişinin adliye koridorlarında ne işi vardı? İşte aklı başında insanların kafasını karıştıran sorular tam da bunlar!

-Sadece bir örnekle yola çıkılarak genel bir yorum yapılamaz. Devletlerin, milletlerin kaderini ellerinde tutmak, tarihi yönetmek ve yönlendirmek isteyen birileri hep olagelmiştir... Sır ötesi gizli örgütler, güç odakları ve kimi gizli efendiler daima vardır. İlluminati adını hiç duymadın mı? Gizli bir takım kardeşlik örgütleri dünyayı gerçekten kontrol altına almak ister. Yoksa tüm bunların sadece komplo teorisi veya efsaneden mi ibaret sanıyorsun? Hiçbir şeyin göründüğü gibi olmadığını sorgunun başında sen söyledin. Yanlış mı anımsıyorum yoksa!

-Elbette ki bir takım örgüt isimlerini duydum. Hiç birinin bizimki kadar organize, güçlü ve gizemli olduğunu sanmıyorum. Ancak ben realite ile ilgiliyim, komplo teorileriyle değil... Bizim böyle bir iddiamız hiç olmadı ve gelecekte de olmayacak.

-Siyasi oluşumlara, ordulara, medya patronlarından, global ölçekli şirket sahiplerine kadar gizli, sayısız üyeleri olan oluşumlar var. Yüzyıllardır aynı amaç için çalıştılar: Dünya üzerindeki kaynakların kontrolünü tek başlarına ele geçirmek ve hükmetmek. Biz bunu başardık! Sen de artık elimizde olduğuna göre karşı duruş sergileyecek insan sayısı iyiden iyiye azalacak.

-Ben inanmıyorum bu tür şeylere. Dünyaya tamamen egemen olmak ve hükmetmek mümkün değildir. Her insan özgürdür ve efendilik diye bir kavram yoktur!

-Sen inanmamaya programlanmışsın, ama bu senin problemin! Her neyse bu konuyu daha fazla uzatmak istemiyorum. Bana şu yardım aldığını söylediğin Türklerden bahset bakalım! Amerikalılardan çok onlar dikkatimi çekti.

Serge, bir süre duraksadı. Yüzünde mahkemede soluksuz savunma yapan haklılığından emin bir avukatın keyifli ifadesi belirmişti. Derin derin nefes aldı. Birkaç dakikalık sessizlikten sonra:

-Türkiye bizim için çok önemliydi, zira en gizli toplantılarımız hep orada gerçekleşirdi. Bir yer altı şehrinde hem de, dedi.

-Tam olarak nerede?

-Kapadokya'da. Bu yeri daha önce duymuş muydun?

-Yılını hatırlamıyorum, ama gezmek için gitmiştim. Oralara yakın yerlerdeki Göreme ve Ihlara vadisi de büyüleyiciydi. O ülkeyle ve bölgeyle ilgili aklımda kalanlar bunlar.

-Orta Anadolu, Hristiyanlığın başlangıç yıllarında çok önemli bir merkezdi. Bu bölge bu dine geçmeyi reddedenler ile inananlar arasında yoğun çatışmalara sahne olmuştu. Bu durum o dönemki insanların yer altı şehirlerine sığınarak farklı kimlik ve oluşumlara imza atmasına neden olmuştu. Bu bölgeyi çekici kılan unsurlardan biri o gizemli yönüydü.

-Yalnızca orada mı toplantı faaliyeti yürütüyordunuz?

-Hayır. Ülkenin Suriye sınırında bulunan Antakya yöresinde bir mağara kilise vardı. Bir dağın yamacında bulunan yapıya arkadan dolaşılarak hiç kimsenin bilmediği bir girişten gizlice geçmek mümkündü. Dinlemeyi önlemek için orada bulunan bir odada buluştuğumuz da olurdu.

-Neden bu işleri Türkiye'den yönettiniz? Dinlemeye karşı mekanlar sadece orada yok ki! Avrupa'da buna uygun yerler bulabilirdiniz.

-Sihirli kelime Turizm ve insan kalabalığı! Bir de hareketimizin içindeki bazı Türk dostların varlığı... Bahsettiğim yerleri sürekli ziyaret etsen de dikkat çekmiyordu. İnsan selinin içinde kaybolup, gitmek olanaklıydı. Üstelik Türkler turistlere karşı çok nazik davrandıkları gibi, kim olduklarıyla da fazla ilgilenmiyorlardı. Bizi takip etmiyorlardı. Buna rağmen tedbirli davranıyordum. Giriş çıkışlarda kaç farklı isim kullandığımı anımsamıyorum. Elimdeki pasaportlardan iyi bir koleksiyon olur diyebilirim.

Sorgucu, işine yarayabilecek bilgilere ulaşmak üzere olduğunu hissetmeye başlamıştı ve içten içe mutluydu.

-Konuştukça seni ağır şekilde cezalandırma fikri daha uzak geliyor, dedi. Sözlerinden ilk kez samimiyet seziliyordu.

-Nedenmiş o? Diye sordu Serge.

-Söylediklerin oldukça mantıklı. Ne kadar iyi eğitilmiş olursan ol, yalan söylediğinde mutlaka bir açık verirsin. Yıllardır sorgulama yapan biri olarak bu işte uzmanlaştım diyebilirim.

-Eğer buradan sağ çıkarsam, her şeyi bırakıp sıradan bir hayat süreceğim, dedi Serge. Kaldı ki hiçbir zaman zirvede olmak gibi bir kaygım olmadı, diye ekledi. Beni bu olayların içine iten şey yalnızca kaderimdi. Bunları not edebilirsin.

-Mütevazı biri misin yani? Buna inanmalı mıyım? Normal bir kariyerin olmasına rağmen bir de bu işlerin içinde olman oldukça düşündürücü.

-Öyle olmaya çalıştım. Çünkü zirveler her zaman yalnızlığı çağrıştırır. Issız ve soğuktur. Ortalama bir hayat ve sıradanlık tam bana göre olurdu. Umarım bunu gerçekleştirebilecek kadar uzun yaşarım.

-Bu biraz da sana bağlı!

-Hayatım boyunca, hesap edilemeyeni hesaplayabilme kaygısı içinde oldum. Buna öngörülemeyeni öngörmeye çalışmak da diyebiliriz. İnsanlığın geçmişini ayrıntılarıyla inceledim. Olaylara doğru bakabilmek için araştırmalar yaptım, yüzlerce kitap okudum. Geçmişi ve bugünü anlamlandırmaya çabaladım. Geleceğin gizemine akıl erdirmeye çalıştım.

-Peki geleceği öngörmek mümkün müdür sence?

-Büyük ölçüde, dedi Serge. Ancak geleceği görmek isteyen kişi, geçmişi ve bugünü çok iyi analiz etmelidir ve işin sırrı tam da budur.

-Bunda haklı olabilirsin!

-Geçmiş yıllarda yaşananlara baktığında, bir sabah, dünyanın en önemli borsası Wall Street'in aniden çöktüğünü görüyorsun. Yaşananlar kapitalist sistem açısından tam bir felaket. O ana kadar, kimse böyle bir durumla karşılaşılabileceğini öngöremiyor. Medyada rutin borsa haberleri ve yorumları yapılıyor. İlk bakışta her şey güllük gülistanlık ve ekonomi rayında görünüyor. Ancak, bir sabah bakıyoruz ki her şey alt üst olmuş. İşte o anda, olayı anlama yönündeki merakım tavan yapıyor.

-Meraklı olmayan insanın bir şeyler öğrenmesi zaten olanaksız. Devam et bakalım!

-Öte tarafta, Lenin'in bin bir güçlükle kurduğu sosyalist sistem, bir anda yerle bir oluveriyor. Yıkım anına kadar her şey mecrasında görünüyor, ama gerçekte öyle değil. Yalnızca Mihail Gorbaçov'un iki dudağı arasından çıkan cümlelerle veya onun kararıyla bu yıkımın gerçekleşmesi mümkün değil. Ya da ABD'nin karşı hamleleri ile... Başka bir gerekçesi olmalı. Aradığım şey tam da o.

-İlginç şeyler anlatıyorsun. Konuşmalarımız bitince seninle ilgili nihai bir karara varacağım, ama inan hiç acelem yok dedi sorgucu, odayı terk edip giderken...

Soğuk demirlerle baş başa kalan Serge'in kafası karışıktı... Sır ifşa etmenin sınırlarını iyi çizmesi gerektiğini biliyordu. Nihayetinde bugün genel çerçeveyi soran yarın her şeyi ayrıntısıyla bilmek isteyecekti. Onu geçmişe dönük anekdotla oyalamak bir plan olarak hayata geçirilebildi, ama bunun da bir sınırı alacağı kesindi...

*

Sorgucu ertesi gün, öğle saatlerine doğru yanına geldiğinde, Serge oldukça bitkin görünüyordu. Uzun saatler boyunca yiyecek ve su verilmemişti. İçinde bulunduğu durum nedeniyle morali bir hayli bozuktu. Mezar kadar sessiz iki dev adamın tuvalete kadar eşlik edip, yerine geri kapatmaları dışında kimseciklerle teması olmamıştı. Elinde bulunduğu adamların kısa ve uzun vadede ne yapacaklarıyla ilgili kaygılıydı. Bu konudaki düşünceleri neredeyse anlık değişiyordu. Bazen iyimserdi ve çoğu kez de kötümser. Çünkü, sorgucu bazen kibar bazen de kaba davranışlar sergiliyordu. Donuk bakışlarının ardındaki niyeti tam olarak çözmek güçtü. İyi polis kötü polis adeta tek bir bedende birleşmişti. Serge'i çözmek yerine onunla genel konularda konuşmaktan keyif almaya başlamıştı ki bu durumu oldukça garipti.

-Neler yapıyorsun bakalım, daha da önemlisi bugün bana hangi konudan bahsetmeyi planlıyorsun? Diyerek söze girdi, kafesin neredeyse iki metre berisinde bulunan mavi renkli ahşaptan sandalyeye kurulurken. Serge, onu baştan aşağı süzdükten sonra:

-Tek yaptığım şey uzun uzun düşünmek. Zaten burada başkaca ne yapılabilir ki! Diye yanıt verdi. Sözleri hüzün ve teslimiyet kokuyordu.

-Şu sıralar ne düşündüğünü merak etmiyor değilim, dedi sorgucu.

-Genel kabul gören, gerçekteyse pek bir anlam ifade etmeyen bazı klişe lafları düşündüm. En çok da hukuk konusunda olanları... Ayrıca içinde bulunduğum durumu gözden geçirdim. Bunun gibi şeyler işte!

-Neler diyeceksin peki?

-Hukukun üstünlüğüne inanıyor muyuz? İşte son zamanlarda kafayı taktığım konu bu! Dedikten sonra boğuk bir sesle birkaç kez öksürdü.

-Geldiğin nokta nedir? Diye sordu sorgucu, yanında getirdiği konyak şişesinden ufak bir yudum alırken...

-Kağıt üzerinde belki evet, hepimiz inanıyoruz ya da öyle görünmeye çabalıyoruz. Bir çeşit anlamsız ve kandırmacadan ibaret sözler yığının peşinden koşuyoruz. Çünkü gerçekte inandığımız şey alta kalanın canı çıksın felsefesi... İşte vardığım yer tam da burası! İnsanlar ideal olandan bahsederken, somut gerçekleri es geçiyor ve bu beni üzüyor.

-Madem açık konuşacağız itiraf etmeliyim ki ben de hukukun üstünlüğüne inanmayan taraftayım, zira gerçekçiyim. Nihayetinde kurt maskeye ihtiyaç duymaz. Vadide dolaşıyorsa, dostunu da düşmanını da bilir; realisttir ve hemen her şeye hazırlıklıdır. Bu sonu gelmez kavgada sonucu haklar değil şartlar belirler. İnsanlar çatışır ve güçlü olan kazanır. Hayat mücadelesi, vahşi doğadaki çekişmelerle benzer özellikler taşır. Acımasız olduğumu düşüneceksin belki, ama işin özeti bu!

Kısa bir sessizlikten sonra:

-Sabahtan akşama kadar insan hakları, hak, hukuk üzerine konuşuluyor, dedi Serge. Televizyonlarda onlarca tartışma programları icra ediliyor... Görünüşte herkes hukuka ve insan haklarına saygılı. Derinlemesine incelendiğindeyse çoğunluğun numara yaptığı anlaşılıyor. Birçoğunun davranışları samimiyetten uzak! Mesela Asya veya Afrika'da bir yerlerde patlama oluyor, onlarca kişi ölüyor ve haber konusu dahi yapılmıyor. Öte yandan Avrupa'da bir yerde bir kişinin yaralandığı olay gerçekleştiğinde haber bültenlerinde en baş sırada oluyor... Mağdur sarışın olunca önemli, esmer olunca önemsiz mi yani? Bu adaletsizlik değil de nedir!

-Umarım konuyu kendi mağduriyetine getirmeyeceksin. Gördüğüm kadarıyla esmer de değilsin! Dedi sorgucu. Sözleri iğneleyiciydi.

-Konu ben değilim, tüm insanlık!

-Peki sence adalet er ya da geç tecelli eder mi? Örneğin kusursuz cinayet var mıdır? Geçenlerde izlediğim bir belgeselde saatlerce bu konu işlendi ve merakımı celbetti. Konuyla ilgili birçok uzman uzun uzadıya fikir beyan etseler de bir uzlaşıya varmaları mümkün olmadı. Mesela, birini öldürüp yanına kar kalması tarzı hikayelere inanır mısın? Diye sordu sorgucu. Konuyu başka yerlere çekmeye çabaladığı belliydi ve bakışları donuktu.

Serge, bir süre sessiz kaldıktan sonra:

-Kusursuz cinayetin olduğu yerde adaletin yerini bulması olanaksızdır. Tabii ki ideal olan herkesin işlediği suçun cezasını çekmesidir. Karşılaştığım insanlar arasında bunu başarabilen birine rastladım, dedi. Sözleri gizemliydi.

-Demek öyle, gerçekten merak ettim, diyerek karşılık verdi sorgucu.

-Adam işinde uzman, soğukkanlı bir kiralık katildi. Masumane bir yüze sahip, iyi eğitimli biriydi. Şık giyinmeyi severdi. Dışarıda bir yerde rastlasan çevresi geniş bir iş insanı ya da üniversitede hoca olduğunu düşünürdün. Zira tam bir centilmen gibi davranmaya çalışıyordu. Psikolojik yapı itibarıyla ise oldukça garip bir adamdı. Kendisine bir iş getirildiğinde günlerce kurbanı hakkında bilgi toplar, bir tesadüf kurgusuyla sıkı dost olurdu. Bir süre sonra yakınlaşır, onun için çeşitli fedakarlıklar yapar, ölümüne dost gibi davranırdı. Bu konuda Hollywood yıldızlarını aratmayacak bir rol yeteneğine sahipti ve bir sürüngen kadar tehlikeliydi.

-İlginç bir adama benziyor her kimse, dedi sorgucu. Hikayenin devamı nedir?

-Adamın kaçıncı işiydi bilmiyorum. Bir mafya babası kendisini iki kez kodese tıktıran bir kanun adamını öldürmesi için ona tam on beş milyon dolar para önermiş ve yarısını peşin vermişti. Başarısız olsa bile bu kısım onda kalacaktı. Anlaşma buydu! Bu İspanyol asıllı Fransız vatandaşı Julio için reddedemeyeceği bir teklifti ve etti de! Yapması istenen şey, hayatını kanunları uygulamakla geçirmiş bulunan Vincent isimli mali polisi öldürmekti. Onu günlerce izledi. Hakkında bilgiler topladı. Büyük bir davette bir vesileyle tanıştı. Hangi takımı tuttuğunu, hangi yemeği ve filmi sevdiğini ayrıntısıyla öğrendi. İlerleyen günlerde o kadar samimi oldular ki evine düzenli şekilde misafir olarak gitmeye bile başladı.

-Sonra neler oldu? Diye sordu sorgucu. Nefesini tutmuş bir haldeydi.

-Cinayet olayından bir gün önce evine misafir olup, her yere parmak izini bıraktı. Beraber televizyon izledikleri sırada önündeki bira bardağını devirip elini yaraladı. Kanını bilerek salondaki zemine bulaştırdı. Polis memurunun eşinden izin alarak, üstü körü temizlik yaptı, zira amacı iz bırakmaktı.

-Bunu neden yaptı peki? Kusursuz bir cinayetten söz edeceksin sanıyordum.

-Bu sayede olayı araştıracak savcı iki noktada yanıltılacaktı. Birincisi aranan sorunun yanıtı bu denli basit olamazdı ve senaryo karmaşık olanlar üzerinden yürüyecekti. Görevi nedeniyle polisin çokça düşmanı vardı ve bu adamsa dostuydu ve böyle bir cinayeti gerektirecek görünür bir gerekçesi mevcut değildi. İşlediği onca suça rağmen bilinen bir sabıkası yoktu. Öldürülen adamın eşiyse kocasının arkadaşıyla ilgili olarak yüzde yüz lehte savunma yapacaktı. Oradaki izlerin bir önceki günkü ufak çaplı kazadan dolayı olduğunu söyleyecekti. Parmak izleriyse sürekli misafirleri olmasından kaynaklı görünecekti.

Sorgucu, dedektif rolüne bürünmüştü. Kendini neredeyse hikayenin içinde görüyordu.

-Bu tür soruşturmalarda olay esnasında nerede olunduğu hikayesi önemlidir. O konuyu nasıl halletmişti peki? Diye sordu.

-İşin o kısmını da ayarlamıştı elbette! Olayın gerçekleştiği akşam etrafındaki hemen herkese şehrin bir ucunda, nehir kenarında bulunan bir barda maç izlemeye gideceğini söylemişti. Bu sayede soruşturmada kime sorulsa aynı ifadenin kullanılması sağlanmıştı. O sırada barda bulunanlardan en az üç kişi maç oynanırken, onu orada gördüğünü söylemişti. Onlara, ki buna barmen de dahildi, günler öncesinden on binlerce dolar ve euro dağıtmıştı. Barın bir özelliği de kamera sisteminin henüz kurulu olmamasıydı ki bu durum da rastlantısal değildi.

Adamın senaryosu sorgucunun kafasına tam yatmamıştı. Üst üste sorular sormaya devam ederek:

-Olay akşamı polisin evine giderken şehirdeki diğer kameralara yakalanmaktan nasıl kurtulmuştu peki? Diye sordu.

-O konuyu da hesaba katmıştı elbette! Polisin yaşadığı sokaktaki tüm kamera sistemlerinin yerini çözdüğünden oldukça ters bir yoldan gelmiş ve eve de arka balkondan girmişti. Maç yayınlarından nefret eden eşi kuzinine misafirliğe gittiğinden adam evde yalnızdı. Savunmasız durumda yakaladığı adamın işini oracıkta bitirmişti.

-Olup biteni öğrendiğine göre olay aydınlanmış demektir, haksız mıyım? Adam nerede açık verdi peki?

-Açık falan vermedi. Hiç ceza da almadı ve aklandı. Olayın üzerinden neredeyse on beş yıl geçtikten sonra durumu bizzat anlattı. Adam hastamdı. Olayla ilgili olarak o kadar dolmuştu bir seansta söylemek zorunda kaldı. Polis ona tanışıklığı süresince o kadar iyi davranmıştı ki içi içini yiyor; çok yoğun vicdan azabı çekiyordu. Deyim yerindeyse kıvranıyordu. Bir psikoloğun bunu afişe etmeyeceğini iyi biliyordu. Ayrıca ihbar etsem bile bir sonuç çıkmayacaktı, zira bu tarz ifşaatlar yıllar sonra anlam ifade etmezdi ve dosya çoktan kapanmıştı.

-Senin gibi bir adamın başına hep tuhaf işler gelmesine şaşırmıyor değilim. Birçoğunun yaptığın işle ilgili olduğunu düşünüyorum. Konuştukça daha çok dinlemek istiyorum ve zaman zaman karşımdakinin bir düşmanım olduğunu unutuyorum, dedi sorgucu.

-Ne senin ne de bir başkasının düşmanıyım. Bu kavramı kitabımdan sileli yıllar oldu, dedi Serge. Tabii bana nasıl yaklaştığın senin problemin!

-Sana neredeyse inanacağım, diye yanıt verdi sorgucu.

-Çok ilgini çekeceğini tahmin ettiğim kısa bir hikayem daha var, dedi Serge. Kendisi dışındaki konulardan konuşmak işine geliyordu.

-Seni dinliyorum, dedi sorgucu.

-Oldukça zeki bir Alman girişimci, Rispetto adında bir bar inşa etmişti. Epey masraf edilen mekan oldukça ilgi çekici ve ferahtı. Bakir bir kasabada, Moselle Nehri kıyısında yapılmış, yeşillikler içinde, doğayla baş başa otantik bir yerdi. Tek katlı yapının tam ortasına kondurulan L şeklindeki deskin içki koyma yerleri oldukça geniş ve uzunca tabureleri oldukça rahattı. İçki sunumu yapılan bardaklar ahşaptandı. İçki şişelerinin muhafazaları da öyleydi! Bu ilginç mekanda neredeyse hiç cam yoktu ve kırıp dökme olayı neredeyse yaşanmıyordu. Her türlü içeceği bulmanın kolaylığı bir yana, ücretsiz servis edilen ahududulu kekleri dillere destandı. İçkini yudumlarken barmenin hemen arkasında bulunan dev televizyonda sadece güzel manzaralı yerler ve okyanuslarla ilgili videoları keyifle izleyebilirdin. Etraf birbirinden güzel kızlarla kaynıyordu. Sabah saatlerinde kahvaltı için gelindiğinde, leziz yiyeceklere, Uzak Doğunun dinlendirici enstrümantal müzikleri eşlik ediyordu. Personel çok özel eğitilmişti. Müşteriyle tartışma ve kavga söz konusu dahi olamazdı. Müşteri daima haklıdır prensibi uygulandığından, işleri yıllar boyunca hep yolunda gitti. Gelen bir daha geliyordu, zira müşterinin ne kötü bir anısı oluyordu ne de etrafta dolaşan negatif bir elektrik. Bu sıra dışı barda açılışından yirmi yıl sonra korkunç bir olay yaşandı.

Meraktan ölmek üzere olan sorgucu:

-Ne olduğunu hemen anlatacağını umarım, demekle yetindi.

-Ne mi oldu? Dedi Serge. Hizmete açıldığı günden beri orada çalışan oldukça kibar bir görevli, gündüz vakti ortalık yerde bir cinayet işledi. Olay gününe kadar hep güler yüzlü, çalışkan, her şeyi alttan alan biri olarak biliniyordu. Yıllar boyu her türlü kurala riayet etmiş ve en çekilmez müşteriye bile sesini yükseltmemişti. Hakaret işittiğinde bile o özür diliyordu.

-En başından anlat şu işi, dedi sorgucu. Adamın konuyu uzattığıyla ilgili fikri tamamen değişmişti.

-Olayın gerçekleştiği kasaba Koblenz kentine bağlıydı. Barcıların happy hour dedikleri indirimli içki verilen saatlerde Christian Fehling adında bir Alman adam, bara gelip bira istedi. Oraya ilk kez gelmişti ve "bir bira" derken sonuna "lütfen" koymayı unutmuştu. Bu çok sıradan durum bar garsonunun oldukça zoruna gitmişti. Böylesi sudan bir nedenle çekip adamı vurmuştu. Bu olay hukuk tarihine Fehling davası olarak geçti. Birbiriyle hiçbir düşmanlığı olmayan iki insan arasında cereyan eden olayla ilgili olarak Alman kamuoyu ikiye bölündü. Kimilerine göre barmene en üst seviyeden ceza verilmeliydi ve bu herkes için ders olmalıydı. Bazılarıysa mümkün olan en alt sınırdan cezalandırılmasını istiyordu. Olan olmuştu ve daha da önemlisi önceden tasarlı değildi! İşin ilginci, her şeyin ortada olduğu, hemen sonuçlanacağı düşünülen dava uzadıkça uzadı. Çünkü insanları ve hatta karar vericileri bir paydada buluşturmak neredeyse imkansızdı. Psikoloji uzmanları ve tanıklar sırayla dinlendi. Yargıçlar karar vermekte o kadar zorlandılar ki bazıları nihai kararı vermemek için süreci bilerek uzattı. Hatta iş, çok tereddüt içinde kalan bir yargıcın davadan çekilmesine kadar vardı. Karar günü gelip çattığında, o yaşına kadar trafik suçu bile işlemeyen, hiçbir kuralın dışına çıkmayan garsonu yirmi beş yıla mahkum ettiler.

Bu son cümlesinden sonra Serge güçsüz düştü. Kendini iyi hissetmiyordu. Sesi kısılmaya ve öksürmeye başlayınca sorgucuya:

-Çok yorgunum ve daha da önemlisi açım, dedi. Ağzım iyice kurudu. Neredeyse hiç gücüm kalmadı. Bir şeyler verirsen daha iyi hissederim ve böylece konuşmaya devam edebiliriz. Sandalyesinden doğrulan sorgucu bu konuda anlayışlıydı ve "peki" deyip, odadan ayrıldı. Birkaç dakika sonra üzerinde tepeleme yiyecek olan bir tepsi ve içi su dolu bir sürahiyle geri geldi. Serge'in uzanıp alabileceği yakınlıkta kafesin hemen önüne bıraktı. Suyu yarısına kadar içen Serge, biraz toparlandı. Yemekleri büyük bir iştahla yemesiyle üzerine büyük bir ağırlığın çökmesi bir oldu. Bir süre derin derin nefes aldı. Kafesin içinde bağdaş kurup, oturdu. Karşısındaki adamın onu merakla süzdüğünü görünce:

-İnsan beyninin çalışma şekli ve psikolojisi sonsuz bir alandır. Bu nedenle ne kadar konuşursak konuşalım geriye hep eksik bir şeyler kalır, dedi.

-Kısa anekdotları dinlemek gerçekten hoşuma gidiyor, diye karşılık veren sorgucu, hayatından memnun bir şekilde gülümsedi. Yüzünde ilk kez sıcak ve dostane bir hava belirmişti. Günün birinde bir bar açacak olursam, arada sırada kavga çıkmasına izin vereceğim. Doğrusunu istersen bu Almanya hikayesi gözümü korkuttu, dedi.

Çok eski bir anısını yeniden canlandırmak istercesine derin düşüncelere dalan Serge, birkaç dakika sonra:

-Adamın biri vardı ve karısını deliler gibi seviyordu. Onu kaybetmemek için hayatını vermeye hazırdı. Evliliklerinin bir döneminde, bir kavga sonrası, kadın boşanmak istediğini söyledi. Normalde, adamın yalvar yakar olup, ayaklarına kapanması beklenirdi. O bunu yapmadı, zira muhalefet ederek sonuç alamayacağını iyi biliyordu. Kadında anarşist bir yön vardı ve kocası bunun farkındaydı. Adam çok zekiydi ve böylesi bir durum için planı çoktan hazırdı. "Seni çok sevdiğimi biliyorsun, ama öyle istiyorsan yapacak bir şey yok" deyip, kestirip attı. Hiç direnç göstermeyince kadın bir süre evin içinde dolandı durdu. Oldukça şaşkındı. Gerildiği anlarda yaptığı gibi bir kaç bardak buzlu viskiyi üst üste yuvarladı. Kısa bir süre sonra kocasının yanına gelip, ayrılmaktan vazgeçtiğini söyledi. Adam hiç renk vermeden "sen bilirsin" demekle yetindi. Çabadan çok çabasızlık galip gelmişti. Evlilik hayatı boyunca bu birlikteliğin sürmesi için çabalayan adam, emeğinin karşılığını en çabasız anında almıştı! Dedi.

Serge, bu sözleriyle sorgucuyu bir kez daha şaşırtmayı başarmıştı. Bu kez o bir tespitte bulunarak:

-Ben de bu tür konularda boş sayılmam, kendimce not ettiğim bazı şeyler var elbette, dedi.

-Elbette ki duymak isterim, diye karşılık verdi Serge. Kendisine dikkat kesilmesi ve kullandığı ifade sorgucuya oldukça samimi görünmüştü.

-Aslında hayat bazı yönleriyle çok ilginçtir! Kadın erkek ilişkileri de öyle! Mesela kadının önünde hayat arkadaşı olarak seçebileceği iki aday var. Birbirinden farklı iki erkek profili düşün! Biri oldukça sakin yapıda, insanlara ve doğaya saygılı, entelektüel, efendi kişilikli bir adam... Diğeri kadının acı çekmesine yol açacak kadar maceraperest, sorumsuz, agresif, hatta serseri tipte bir kişilik barındırıyor. Birinci profildeki adamla evlense, büyük olasılıkla, yaşamı boyunca hiçbir şiddete maruz kalmayacak; hayatları planlı programlı olduğundan, kötü sürprizlere yer olmayacak ve her şey normal akışında sürüp gidecek. Kadınlar bu noktada genelde ikinci profildekini seçerler. İşte sana hayatın garip bir çelişkisi!

-Öyle mi dersin, dedi Serge. Peki sence neden? Diye sordu. Sohbetin bu anında roller değişmişti ve bu iyiye işaretti.

Bilge adam rolüne soyunan sorgucu:

-Alt beyindeki sürprizleri seven bölge devreye giriyor olmalı, dedi. Çok inançlı biri olmamakla birlikte, ruhlarını olgunlaştırmaları gerektiği için çetrefilli yolu seçtiklerini düşünüyorum. Psikolog olan sensin ve anladığım kadarıyla oldukça inançlı birisin. Sen ne dersin?

-Bilinç düzeyinde olmamakla birlikte, sınavdaki rollerini oynama arzuları olduğunu ve acı çekmek istedikleri düşüncesine ben de katılıyorum, ama bazı kadınların da şartlar gereği yanlış tercihte bulunduklarını biliyorum. Bazen de maddiyatla ilgili konular yanlış tarafa savrulmalarına yol açabiliyor. Bu konuda, hepsini aynı kefeye koymayı doğru bulmuyorum. Zira, bu çok parametreli bir konu...

-Sen de çok emin değilsin yani!

Psikolog kimliğine geri dönen Serge:

-Olayı toplu bilinçaltı ile açıklamak bile zor, dedi. Örneğin, yeni doğan bir bebek annesinin göğsünü nasıl emeceğini ya da aç olduğunda ağlamayı bilir ve bu ona öğretilmemiştir. İdealist felsefenin uçlarına doğru yol alıp, daha dünyaya gelmeden tercihleri insanların ruhlarına işlenmiştir, bu bir çeşit kaderdir desem, abartılı ve objektif olmayan yorum yapmış olurum ki ben kadere inanmakla birlikte, genelde olayları bilimsel yöntemlerle açıklama yanlısıyım. Bu soruna verebileceğim berrak bir yanıtım olmadığı gibi; biz erkeklerin de en az kadınlar kadar hata yaptığı gerçeğini göz ardı etmememiz gerektiğini düşünüyorum. Örneğin, hiç dünya çapında bir savaş başlatan kadın duydun mu? Ben duymadım. Hayatta iki çeşit insan vardır. Sınava tabii tutulan büyük ruhlar ve figüranlar... Büyük ruhların işi daima zordur. Bu anlamda onları kısa yoldan suçlamayı doğru bulmuyorum. Hele de figüranlığı reddeden büyük ruhlu kadınları!

Kadınlar, sorgucu için hassas bir konuydu ve içini dökmek istiyordu.

-Elbette ki kadın erkek eşitliğine inanıyorum, ama çoğu kez onları anlamakta güçlük çekiyorum, dedi. Bana kalırsa bu olaya son noktayı psikanalizin babası üstat Sigmund Freud "otuz senedir kadın bilinci üzerine çalışıyorum, hâlâ ne istediklerini çözmüş değilim" diyerek koymuştur. Kadınların tatmin olma mekanizmasını veya düşünce yapısını çözmek bir ütopya... Bu karmaşık konuya çok dalmak istemiyorum! Yalnızca zaman zaman beni çok kızdırdıklarını söyleyebilirim.

-Eğer rahatlayacaksan, seni en çok kızdıranla başlayabilirsin, zira her zaman bedavaya dinleyecek psikolog bulamazsın, dedi Serge.

-Dinle o halde, dedi sorgucu. Zamanın birinde Sırp bir kadınla çıktım. Adı Tanja'ydı. Belgradlı sarışın bir afetti! Kadındaki en belirgin özellik, sınırları belirsiz ölçüdeki kıskançlığıydı. Sen de kabul edersin ki dozajında bir kıskançlık iyi bir ilişkide gereklidir ve sevgi belirtisi olarak görülür. Ancak aşırıya kaçtığında ve paranoya düzeyine ulaştığında bir ilişkiyi temelinden dinamitleyebilir. İşte bu kadın da onlardan biriydi.

-Sırp kadınlar çok alımlı ve güzel olurlar. Bazılarını yakından tanıma fırsatım oldu. Doğrusu sana neler yaptığını merak ediyorum, dedi Serge.

-Pek çok şey, dedi sorgucu. Hiç unutmuyorum, alışverişe çıktığımız bir gündü. Mağazaları dolaştığımız sırada daha önce hiç görmediğim bir kadın yolumu kesip, bir adres tarif etmemi istedi. Her gün başına gelebilecek sıradan bir olaydan bahsediyorum. Birkaç metre ötede vitrinlere bakan ve aramızdaki diyalogu duymayan Tanja, gözlerinden ateş saçarak bize doğru yöneldi. Yaklaşırken istihbarat ajanlarının dudak okuma gayretiyle tüm dikkatini ağız çevremde yoğunlaştırdı ve zavallı kadının tam olarak uzaklaşmasını bile beklemeden "kimdi o kadın ve ne istiyordu?" diye sorduktan sonra gergin bir yüz ifadesiyle yanıtımı beklemeye koyuldu. Soruyu çok anlamsız bulduğum için, o an cevap vermek istemedim ve bir süre öylece durdum. Dudağını ısırıp "kızmadım, merakımdan soruyorum" diye eklese de hiç inandırıcı değildi. Buradaki kızmadım ifadesinin "çok kızdım" a özdeş olduğunu iyi biliyordum. Israrcı davranınca, sakin ve masumane bir yüz ifadesi takınıp "tanımıyorum, bir banka şubesini arıyormuş ve yolu tarif ettim" dedim. Bir sonraki ifadesi "etrafta onca insan var, neden sana soruyor ki!" oldu. Sakin görünmeye çalışsam da gergin ve şaşkındım. İçimden "Ulu Tanrım bu da nesi!" dedim.

-Çok ilginç, peki sonra?

Markus, davasında tamamen haklı olduğunu ispat etmek istercesine:

-Günlerce, aylarca süren benzeri davranışlarla sabrımı zorlamaya devam etti, dedi. Telefonuma gelen mesajlara bile göz ucuyla bakmaya çalışıyordu. İşler iyice çığırından çıkınca, değişmeye ve farklı yaklaşımlar sergilemeye çalıştım, zira onu seviyordum. Bir süre sabırla bu tuhaf ilişkiyi yürütmeye çabaladım. Ondaki her değişimi fark edip, iltifat ettim ki bunda çoğu kez samimiydim. Sosyal medya hesaplarımı minimumda tutarak, çok nadiren paylaşım yapmaya başladım. Ortak bayan arkadaşların paylaşımlarını beğenmekten özenle kaçındım. Hatta, telefonuma gelen mesajları okurken, komik bile olsa, yanlış anlamasın diye gülümsemiyordum. Sadece arkadaş dahi olsak, tanıdığım diğer bayanlarla görüşmemeye başladım. Kısacası, onun dışındaki kadınlarla arama duvarlar ördüm. Tanja'ya her fırsatta hediyeler alıyor, benim için çok özel biri olduğunu hissettirmeye çabalıyordum. Tüm bu yaklaşımlar sayesinde o meşhur kıskançlığını törpüleyebileceğimi sanmıştık ki yanılgı içinde olduğumu kısa zamanda anladım. Baktım olmuyor, ayrıldım. İşin ilginci, ayrılırken bile "kesinlikle birini buldun, seni bilmez miyim!" diyordu. O anda bile suçlayıcı rolünden vazgeçmemişti.

Oysaki birlikteliğimiz boyunca onu ne aldatmış ne de buna yönelik bir girişimde bulunmuştum. Yıllar sonra filmi geriye sarıp düşündüğümde, ne kadar sabırlı davrandığımı görüp, şaşırıyorum. Şimdilerde olsa yirmi dört saat bile tahammül edemezdim. İnsan yaşlandıkça değişiyor galiba, ne dersin? Diye sordu.

Kollarını kavuşturan Serge:

-Yaşla beraber bazı insanlar daha sabırlı olurken; bazıları tersi yaklaşımlara girebiliyor. Bir psikolog olarak gözlemim bu, diye cevap verdi.

-Peki seni kimler kızdırdı Serge? Ya da hep doğru kadınlara mı denk geldin?

-Benim de başıma hoş olmayan şeyler geldi tabii. Madem konu bu noktaya geldi, aklımda kalan bir tanesini anlatabilirim.

-Çok isterim, dedi Markus elindeki yarım konyak şişesini psikoloğa uzatırken. Uzun zamandır içki içmeyen Serge, bu beklenmedik ikramı keyifli bir yüz ifadesiyle kabul etti. Konyaktan birkaç yudum aldıktan sonra:

-Bir gün Paris'te üst düzeyde insanların davetli olduğu bir baloya katıldım, dedi. Her çeşit alkolün ve yiyeceğin sunulduğu salon muazzamdı. Çoğu dekolte giyinmiş güzel kadınlar ortama ayrı bir renk katıyordu. Birbirinden muhteşem parfüm kokuları sayesinde gül denizleri içinde yüzüyor gibiydim. Bir arkadaşım vasıtasıyla tanıştığım İtalyan kökenli kumral bir kadınla koyu bir sohbete başladık. Birkaç dile hakim entellektüel bir avukattı. Tüm akşam erdemlerden, hukuktan, iyilikten, sadakatten söz etti. Şefkatli ve romantik erkeklerden hoşlandığını söyledi. O kadar ki beni tarif ediyor sandım. Hatta ellerini tutmama bile izin verdi. Onun yanında zaman su gibi akmıştı ve oldukça keyifliydim. Gecenin sonundaysa tam bir hayal kırıklığı içindeydim. O zarif kadın, kaba saba, Ortadoğulu maço bir erkeğin peşinden çıkıp gitti.

Çok sinirlenmiştim. Tüm akşam içtiklerim yetmezmiş gibi, koca bir şişe viskiyi daha devirip, taksiye bindiğim gibi oradan uzaklaştım.

-Bayağı içerledin yani! Dedi sorgucu. Yüzünde alaycı bir tebessüm belirmişti.

-Aynen öyle! O gün bugündür, onları anlama çabalarımdan vazgeçtim. İşimi bir kenara koyacak olursak, kimseyi çözmek gibi bir derdim de yok!

-İşte bu harika, dedi sorgucu. Senin gibi sakin yapıda birini bile kızdırmışlarsa bu işin sınırı yok demektir! Peki, bir kadın tarafından hiç terk edildiğin oldu mu? Diye sordu bu kez. Konuyu daha basit yerlere çekme niyetindeydi.

-Evet, oldu tabii. 1969 doğumluyum. Elli yaş üstü bir erkek için son derece normal bir durum değil mi? Dedi Serge. Bu tarz konularda detaya girmekten pek hoşlanmazdı. Kısa cevaplarla kestirip atmak istiyordu.

-Peki, hiç ayrılık anında koskoca bir yalan olan "sen mutlu ol yeter ki!" tarzı ifadeler kullandın mı? Diye sordu sorgucu bu kez de... Yüzü karşısındakini alaya almaya hazır tuhaf bir ifadeye bürünmüştü.

-Ben gereğinden fazla gururlu bir adamım. Bu çok övündüğüm bir özelliğim sayılmaz. Ayrıldığım kişiyle, çok istisnai durumlar haricinde, bir daha görüşmem. Veda anlarını hiç uzatmam ve asla geri adım atmam. O noktadan sonra mutlu olup olmaması da artık onun sorunudur.

-Benden ayrılmışsa canı cehenneme! Başkasıyla mutlu olmuş veya olmamış, kimin umurunda ki! Eğer böyle düşünüyorsan sen de bizim takımdansın!

-Sanırım bu kadar sert şekilde ifade etmezdim, dedi Serge. Sadece artık ilgi alanımda olmadığını düşünürdüm. Aramıza aşılması olanaksız duvarlar örer; kafamdan siler atardım.

-Konu ne olursa olsun, nezaketi elden bırakmaya niyetli olmadığın açık. Doğrusunu istersen, seninle bu tür konulardan ziyade siyaset ve felsefe üzerine konuşmayı tercih ederim.

-Neden böyle düşünüyorsun? Diye sordu Serge.

-Farklı bakış açıları kazanıyorum da ondan, dedi sorgucu. Ayrıca özel konuların seni sıktığının farkındayım. Hareketlerini gözlemliyorum ve çoğu kez mimiklerin seni ele veriyor.

Oldukça ciddi bir yüz ifadesi takınan Serge:

-İyi polis kötü polis sorgulamasında, gerçekte daha kötü olan her zaman iyi polistir. Mesela içki ikram etmen, iyi niyet göstergesi. İki rolü aynı anda yaptığın için, seninle ilgili bir sonuca varamıyorum, dedi. Sonuç itibarıyla bunca sohbetin ardından en azından bana ismini söylemeni beklerdim. Bilmelisin ki karşımdaki kim olursa olsun, insanlara adlarıyla hitap etmeyi çok önemserim. Bu benim için bir çeşit saygı ölçüsüdür.

Bu sözler üzerine sorgucu, karşındaki adamın samimi olduğuna kanaat getirerek:

-Adım Markus, dedi. Lüksemburg doğumluyum ve Alman kökenliyim. Seninle Fransızca yerine İngilizce konuşuyorum, zira Almanca' dan sonra en iyi bildiğim dil bu. Ayrıca bana ön ismimle hitap etmende bir sakınca yok.

-Memnun oldum Markus, dedi Serge başını birkaç kez öne doğru sallayarak.

-Sağ ol Serge, diyerek karşılık verdi sorgucu.

-Şimdi neden konuşmak istersin Markus?

-Bilmem, sen karar ver! İçeriği ilginç olduktan sonra detayın bir önemi yok, diyerek yanıt verdi.

Elindeki Konyağı neredeyse bitirmek üzere olan Serge, rahatlamış görünüyordu. İlginç bulduğu bir başka konuyla devam etti.

-Bir zamanlar Şili'de yasadışı bir örgüt vardı ve tamamen dış güçlerce destekleniyordu. Örgüt, illegal silah trafiğini yönettiği gibi, zaman zaman asker ve polisle çatışmaya giriyordu. Sivillerden vergi adıyla resmen haraç topluyorlardı. Şili hükümeti örgütle yıllarca mücadele etmek zorunda kaldı. Ülke sınırları içinde ve hatta dışarıda onlarca çatışma yaşandı. Ancak yetkililer, örgütün tamamen bitmesine de izin vermediler. Hem de komplo teorisyenlerinin eline çeşitli kozlar vermek pahasına! Çok kısaca bu konuya değinmek isterim, dedi.

-Hükümetin illegal bir örgütle mücadele kısmını anladım. Peki bitmesine niçin izin verilmemişti? İlk bakışta pek anlamlı görünmüyor. Sebebini bilmeyi çok isterim, dedi Markus.

-Öyle uygun görüldü. Çünkü Emperyalist ülkeler ve bazı global güç odakları bu ülkeye karşı düşmanlıklarını bu yolla tatmin ediyorlardı. Yani o örgüte destek vererek! Bunu bilen Şilili yetkililer belli bir süre daha örgütün varlığını sürdürmesi gerektiği sonucuna vardılar. En azından büyük fırtına olarak nitelendirilen diğer tehdit geçene kadar! Şili Devlet Başkanı çok gizli bir devlet toplantısında "onların gazını ancak bu şekilde alabiliyoruz" diyebilmişti. Bu sayede daha sınırlı esen fırtına dindiğinde bahçedeki tüm çiçekler dalından kopmamış olacaktı. Başkan bu oyalama taktiği sayesinde ülkesine yönelik topyekün bir saldırıyı ustaca önlemişti. O bir dahiydi ve izlediği stratejiye "öldürmeyen kızamık" adını vermişti.

-Küçük düşmanı, büyük düşmanla aralarına set örüyordu yani. Kast ettiğin şey tam olarak bu mu?

-Aşağı yukarı evet!

-O seviyede birinin olayları iyi okuması ve zekice hamleler yapması normal tabii.

-Haklısın. Dünyada zeki insan sayısı azımsanmayacak ölçüde çok. Bir örnek daha vereyim: Rusya'da bir adam vardı. Adı Nikolay'dı. Rus istihbaratı için çalışmış ve üst düzeyinde yönetici olmuştu. Bir yurtdışı görevi sırasında yabancı bir gizli servisin eline düşmüştü. Ülkenin özellikle doğusuna konuşlandırılmış, nükleer başlık da taşıyabilen uzun menzilli füzelerin fırlatma sistemleri ve radara yakalanmaması hakkında sorgulanmıştı. Bu konularda uzman olduğunu karşı taraf iyi biliyordu. Adam, ileride bir gün bu duruma düşebileceğini hesaplayarak Magadan yakınlarında sahte bir komuta merkezi ve depo oluşturmuştu. Bu nokta izbe bir yerdeydi ve önemli bir kısmı yer altındaydı. Sorgu sırasında, onlara gerekli bilgileri yerinden vermeyi önerdi ve adamlar bunu kabul etti.

-İlginç, peki sonra?

-Düşman güçlerinin eline geçtiğinde, bir süre sorguya direnmiş ve konuşmayarak bir süre numara yapmıştı. Tabii bu göstermelik direnci birkaç yumruk yemesiyle sonuçlandı. Yüzü gözü kanayınca "peki" dedi. Konuşacaktı! Çoğu zaman dünyanın en aptal insanıymış gibi davransa da, Nikolay bir tilki kadar kurnazdı. Gerçekte o kadar zekiydi ki birine baktığında onun geçmişini, şimdiki durumunu ve geleceğini görüyordu. Anlayacağın o bir bakıp, görme uzmanıydı. Şeytana pabucunu ters giydirir türdendi!

-Aynı zamanda aldatma uzmanıydı, öyle mi? Diye sordu Markus.

-Sen de kabul edersin ki aldatma istihbaratın önemli bir parçasıdır. Öyle değil mi?

Markus bu düşünceyi teyit etmek istemedi. Hikayenin gerisini bekliyorum, demekle yetindi.

-Elinde olduğu adamları, vereceği bilgilerin doğruluğu konusunda ikna etmeyi başardıktan sonra yola çıkıldı. Rakip istihbarat servisinden bir tim Nikolay'ı yanlarına alarak, radara yakalanmayan bir denizaltıyla Magadan'a yanaştılar. Üstünde uzaktan kumanda edilen bomba düzeneği vardı ve talimatları harfiyen yerine getirecekti. Kendisini rehin alan timle beraber kısa bir kara yolculuğu sonrası sözde gizli üsse geldiler. Sadece kendisin bildiği gizli bir geçitten devasa depoya vardılar. İçinde yığınla silah ve mühimmat vardı. Bir de komuta odası tabii! Giriş şifrelerini biliyordu ve bir sorun yaşanmadı. Dev ekranlı bilgisayarların önüne geldiklerinde adamlara:

-Ben size sistemin çalışma şeklini anlatacağım. Periyodik olarak değiştirilen fırlatma kodları hakkında bilgiler vereceğim. Hedefteki kentleri harita üzerinde tek tek işaretleyeceğim. Böylece bir saldırı hazırlığı yapılırsa önlemeye yönelik tedbirleri önceden almak olanaklı olacak. Buna karşılık siz de üzerimdeki bombayı çözecek, beni Magadan merkezine yakın bir noktada bırakacaksınız. Anlaştık mı? Diye sordu. Komutanları olduğu anlaşılan kişi başını sallayıp onayladı. Sistem o kadar sahici kurgulanmıştı ki yıllardır istihbarat için çalışan ve bilişim uzmanı olan ajanlar durumdan hiç şüphelenmediler. Tüm bilgiler kopyalandı ve yanlarında getirdikleri harici belleklere yüklendi. Uydu bağlantıları ve radarları kör eden sistemlerin şemaları incelendi. Hedefteki şehirler ve askeri üsler işaretlendi. Hangi tip füzelerle bunların tehdit edildiği not edildi. Veriler tatmin ediciydi. Tabii farkına varamadıkları şey tüm bilgilerin eski yıllara ait olduğuydu ve hiçbir güncel bilgi içermemesiydi. İşleri bitince adamlar söz verdikleri gibi Nikolay' ı Magadan' a on kilometre mesafede ıssız bir yerde bıraktılar. Üzerindeki bomba düzeneğini etkisiz kılıp, bir kenara attılar. Ajanlar hızla uzaklaşırken, yavaş adımlarla, ıslık çala çala kente doğru yürüyen Nikolay içinden "her türlüsüne hazırlıklı olmak diye ben buna derim" diyordu. Bunlar olup biterken karşı taraf Nikolay'dan çok şey öğrendiğini sanıyordu. Gerçekteyse onların öğrendiği somut bir bilgi yoktu. Oysa Nikolay, adamların sordukları sorulardan ve hareketlerinden yola çıkarak hangi ülkenin gizli servisi tarafından kaçırıldığını anlamıştı. O sistemlerden neden bu denli ürktüklerini de tabii! Kendisini kaçıran servis, o sırada bulunduğu ülkenin istihbaratı değildi. Esas enteresan olan da buydu.

-Adam çok ilginç bir karakterdi desene!

-Aynen öyle! Bunun neredeyse tersi bir olay da var tabii! Onu da kıyaslama yapmanı sağlamak için anlatacağım.

-Seni dinliyorum.

-Acıya ve en ufak işkenceye bile dirençsiz saf bir ajan, düşman bir servisin eline geçmişti. Sorgunun hemen başında adam, tüm hikayesini doğru şekilde anlatmıştı. İlkokuldaki öğretmenlerinin kendisini sevmemesine kadar hayatında ne kadar detay varsa ifşa etmişti. O kadar doğru konuşmuştu ki söylediklerini karşı taraf inandırıcı bulmamıştı. Bazen yüzde yüz doğru konuşursan da şüphe uyandırırsın. Hayat bu kadar ilginçtir işte.

-Sonra ne oldu peki?

Bu dayanıksızlık ve zaafiyet adamın quadro ajan olmasıyla sonuçlandı.

-Hiç duymamıştım böyle bir deyimi! Quadro ajan da nedir?

-Çifte ajanın da kıdemlisi anlamında kullanılan bir terim. Adam yıllar sonra dört farklı ülkenin istihbarat servisine aynı anda hizmet etmek durumunda kalmıştı ve belki de quadro ajan kelimesi onun sayesinde literatüre geçmişti.

-Peki, sana şunu sorayım! Bunu gerçekten her zaman başarabiliyor musun? Kendini başka insanların yerine koyup, onları doğru şekilde anlamayı...

-Neyi her zaman başarabiliyor muyum? Diye sordu Serge. Adamın ne kast ettiğini anlayamamıştı.

-Empati yapmaktan söz ediyorum, dedi Markus.

-Her zaman olmasa da çoğu kez, diye cevap verdi Serge. Ben bir psikoloğum. İnsanları anlamaya çalışmak, kendimi onların yerine koymak işimin bir parçası.

-Çok emin olmanı tavsiye etmem dostum, dedi Markus. Bana sorarsan empati bir yanılsamadan ibarettir. Zannetmekten öteye gitmez. Mesela kendini, vücuduna yedi kurşun isabet etmiş, hayat ile ölüm arasındaki o ince çizgide gidip gelen bir adamın yerine koyabilir misin? Her an ölebilirsin. Varlığın yerini hiçliğin almasına ramak var. Etrafında seni kurtarmak için koşuşturan yabancı insanlar olduğunu düşün! Görüntüsü bozuk bir film gibi gözünün önünden anlamsız resimler geçit töreni yapıyor ve belki de birazdan hayata veda edeceksin! Ya da trafik kazası yapıp, tek başına sağ kalarak ailenden dört kişinin ölümüne yol açsan ne düşünürdün acaba? Bir daha direksiyon başına geçer miydin? O kişinin içinde bulunduğu çıkmazı anlayabilir miydin? Şok edici, sarsıcı şeylerden bahsediyorum ben. Sana sıradan bir problem için danışmaya gelen kişilerden değil!

Bu sorular psikoloğu şaşırtmıştı. Ancak Markus'un verdiği örneklerin sarsıcı olduğunu içten içe kabul ediyordu. Ciddi bir yüz ifadesiyle:

-Bu örnekleri niye veriyorsun? Diye sordu Serge. Adamın lafı nereye getirmek istediğinin merakı içindeydi.

-Bunlardan bahsettim, zira bu iki profile sahip insanı bizzat tanıdım. Onları dinledim. Anlattıkları o kadar etkileyiciydi ki bir daha içinde empati kelimesi geçen bir cümle kurmamaya karar verdim. O insanları dinlerken anladığımı sandım, ama tam olarak kendimi onların yerine koymanın olanaksız olduğunu da fark ettim.

Serge, savunma pozisyonu almış kaleci dikkatiyle:

-İyi de empati yapmak demek, tüm olası olayları birebir yaşamak, hayal etmek veya algılamaya çalışmak demek değildir ki! Dedi. Empati, anlayışlı olmaya çabalamak demektir. Bunlar çoğu kez karıştırılıyor. Anladığım kadarıyla sen de bir kavram karmaşası içindesin, dedi.

-Ben sadece insanların ve özellikle de psikologların bu kelimeyi kullanmakta aşırıya kaçtıklarını ve özensiz davrandıklarını düşünüyorum.

-Düşüncelerine saygım var ve bu konuyu değerlendireceğim, diyerek karşılık verdi Serge. Konunun daha fazla uzaması canının sıkacaktı. Buna karşın sana ilgini çekecek bir başka konudan söz etmek istiyorum, diye ekledi.

-Bundan memnuniyet duyarım, dedi Markus. Nasılsa, şu sıralar tek işim seni dinlemek!

-Bir zamanlar dünya çapında bir filozof vardı. Hayatı olağan akışında devam ederken, günlerden bir gün ortalık yerde hiçbir görünür sebep yokken psikolojisi yerle bir oldu. Ruhu öyle büyük bir deprem geçiriyordu ki bu kırılmadan sonra asla düzelemeyeceği hissine kapılmıştı. Kendini Franz Kafka' nın hikayelerindeki kahramanlar gibi hissediyordu. Tarif edilemez bunalımlar içindeydi ve bazen delirdiğini düşünüyordu. Allak bullak olmuş; düşü gerçeğine karışmıştı. O kadar endişeliydi ki bu acımasız dünyada kendine sığınacak bir delik arıyordu. Zihninde tasarladığında öyle bir yer bulamıyordu. Hem de bildiği tüm yerleri düşüncesinden geçirmesine rağmen...

Bu üst üste kurulu cümlelerden sonra Serge, bir süre soluklandı. Hikayenin devamını getirmeye hazırdı. Markus ise "sebebini gerçekten merak ettim" dedikten sonra yeniden dikkat kesildi.

-Endişeli durumu zirve noktaya vardığında, tüm tanıdıklarını gözünün önünden geçirdi. Çok büyük bir tehlike anında sığınılacak dost olarak yalnızca, çok güçlü konumdaki bir arkadaşını buldu. Onun hükümete yakınlığından, zenginliğinden, üst düzey ilişkilerinden başka güvenebileceği bir dayanağı olmadığını fark etti. Endişe ve dehşet yaşatan kaygı durumları hayatını alt üst ettiğinde bunların nesnel sebeplerden mi yoksa tamamen kimyasal yapımın bozulmasından mı kaynaklandığını bilemiyordu. Başına gelenleri bir psikatra anlatsa, muhtemelen depresyon veya benzeri bir teşhis konur ve uygun tedaviler önerilirdi. Ben ise bunları duyduğumda filozofun neden bu şekilde hissettiği ile ilgili düşünmeye başladım. Onun politik çizgisini ve geçmişini ayrıntılarıyla incelediğimde ulaştığım sonuç farklı oldu. Bu nedenle, depresyon geçiriyorsa bile gerekçesi çok başkaydı.

-Neymiş bakalım bulduğun farklı gerekçe, diye sordu sorgucu. Belli belirsiz ince kaşları hafif çatıktı.

-Bilge adam, tüm bunları yaşamaya başladığı ana kadar çok hayati bir tehlike altındaydı. Tüm bu problemler kimyasal yapının değişmesi ile açıklanamayacak derinlikteydi. Yaşadığı bunalım, hayata devam yönünde bir kırılma noktasıydı ve aslında bir tür ödül sayılırdı. Üzerindeki inanılmaz düşünsel baskı ve kendisine yönelik gizli tehditler, sihirli bir dokunuşla frenlenmiş ve bedelini ödemeye başlamıştı. Elbette O, bu durumun farkında değildi!

-Her şeye farklı pencereden bakma çaban tam gaz devam ediyor. Peki, diğer tespitlerin nelermiş bakalım! Onları da duymak isterim.

-Olayın genel çerçevesi şuydu: Çok önemli bir güç odağının mensupları, bilge adama kafayı fena halde takmışlardı. Uzun zamandır üzerinde çok büyük bir düşünsel baskı uyguluyor ve içten içe ondan nefret ediyorlardı... Ancak bir türlü, herhangi bir müdahalede bulunacak şartları yakalayamıyorlardı. Etkileri ve güçleri dünya çapında olan bu kişiler, onu tamamen yok etme amacındaydılar.

-Adamla dertleri neydi? Dünyada milyarlarca insan yaşıyor. Özellikle onu niye kafaya takmışlardı? Diye sordu Markus.

-Aydın adamın toplumcu yönleri, insanları etkilemekte ve bilinçlendirmekte sergilediği anormal yetenek bir tarafa; sağda solda yaptığı açıklamalarda, bu güç odağına karşı net duruşlar sergilemesi onları çok öfkelendirmişti. Oysaki adam bunu normal bir aydınlık görevi olarak yaptığı düşüncesiyle son derece rahattı. Karşı tarafın yok etmeye yönelik bir husumet besleyebileceğini hiç düşünmemişti. Bana kalırsa biraz da saf biriydi. Adamlarsa bir şekilde ona kimin güçlü olduğunu göstermek niyetindeydi.

-Bana satrancın sonucundan bahset, dedi Markus.

-Sonuçta her insan Tanrı' nın istediği kadar yaşar. Eğer Tanrı istemezse baştan aşağı silahlarla donatılmış bir ordu silahsız tek bir adama çatsa bile onu öldüremez. Bir şekilde dünyevi bir engelle karşılaşır.

-Bu söylediğin pek aklıma yatmadı. Pek dindar biri olmadığım da ortada. Her neyse, devam et bakalım!

-Bireysel hareket eden biri olduğu için karşı duruş sergileyecek cepheyi oluşturmak arkadaşına düşmüştü ve olan bitenden haberdardı. Karşı tarafa üstü örtülü mesajlar yollayıp, adamın yalnız olmadığını ve ellerinde çeşitli kozlar bulunduğunu belli etmişti. Tabii bu kozlar herkesin boyunu aşar nitelikte güçlüydü. Arkadaşına zarar gelmesi durumunda hiç istenmeyen gelişmelerin meydana geleceğini, karşılık vereceklerini onlara açıkça belli etmişti. Bundan dolayı, endişe durumunda sığınılacak kişi olarak arkadaşını düşünmesi tesadüfi değil, hakça bir gerçeklikti.

-Sonra neler oldu?

-Oluşturulan belli dengeler sonucu bilge adama zarar veremeyen bu kimseler, ileriki zamanlarda bazı politik öngörülerinin gerçekleşmesi ve çok erdemli bir insan olması gibi nedenlerle, hakkındaki fikirlerini değiştirmişlerdi. Ona düşüncelerini ve kalplerini açmışlardı. Artık ortada husumet falan da kalmamıştı. Esas sorunsa tam bu noktada başlamıştı.

-Nasıl bir sorun? Düşmanlık bittiyse problem neydi tam olarak? Diye sordu Markus. Bu sorunun yanıtını gerçekten merak etmişti.

-Olayı baştan aşağı inceleyip, tüm profilleri masaya yatırdığımda şunu gördüm: Birine aykırı şekillenmiş, üzerinde uzunca zaman olumsuz şekilde düşünmüş pek çok güçlü düşünce ve kalp aynı anda açılınca bilgeye karşı kötü bir enerji dalgası yayılmıştı. Doğasına çok aykırı ve rahatsızlık verici bir enerji barındıran bu dalga bilgeyi sarsmış ve onda tam bir deprem etkisi yaratmıştı. Fay hatları hiç beklenmedik bir anda kırılmıştı. Sonuçta tüm bu rahatsızlıklarının nedeni buydu.

-Tüm bu anlattıklarından ne çıkarmalıyız peki?

-Pek çok şey, dedi Serge. Sevmediğimiz, çok güçlü olduklarını bildiğimiz, bizlere zıt şekillenmiş insanların kalplerinin açılmasına sebep olmamalıyız. Bırakalım oldukları gibi kapalı kalsınlar. Düşman iseler öyle kalmaya devam etsinler. Nasılsa hayat belli dengeler üzerine kuruludur. Ama illa da bu insanlara karşı politik satranç oynanacak veya aykırı kalpleri fethedilecekse, bu iş mutlaka zamana yayılmalıdır. Depremin daha az sarsıntılı olması için en azından...

-Olayın acısı ve endişesi neden kişi onu aşınca yaşanmaktadır? Bu kısmı hiç anlamadım, dedi Markus. Umarım bu duruma da mantıklı bir açıklaman vardır.

-Kişi, o güçlü kalpleri fethetmiş olmanın ve hayatta kalmasının bedelini ödemektedir. Yani ileride yaşayacağın güzel günlerin diyetini... Dehşetin şiddetli olması, ileride yaşayacaklarının çok güzel olacağına işarettir. Bu durumu daha iyi açıklayan ve benzer noktaları olan bir örnek vereyim: Yazar Paulo Coelho' nun Beşinci Dağ isimli kitabında şöyle bir bölüm vardır. Kraliyet' in en keskin nişancısı ve o güne kadar hedefini hiç şaşırmamış okçusu, İlyas Peygamber' i dar bir yerde sıkıştırmış ve okunu kendisine doğrultmuştur. Okun hedefinde Peygamber' in kalbi vardır. Oysaki Tanrı' nın ön gördüğü şekilde Peygamber'in yaşaması gerekecektir. Zira daha yapacağı çok şeyi vardır. Nihayetinde, Peygamber' e fırlatılan oku Tanrı' nın bir meleği hedefinden saptırır ve İlyas Peygamber kurtulur. Okçu daha fazla denemede bulunmaz, zira Peygamber' i öldürürse lanetleneceğini düşüncesiyle korkuya kapılır. Bu anlatımdaki çok önemli noktalar şunlardır: O ana kadar sakince ölümünü bekleyen Peygamber kurtulduğu anda inanılmaz bir dehşet anı yaşar. Kendisi Tanrı' nın isteği ile doğaüstü bir şekilde kurtulmuş ve bedelini ödemeye başlamıştır. Tanrı, hiç kimseyi bedelsiz kurtarmaz. Peygamber' i bile... Hele de kurtuluşuna bir insanı değil, direkt olarak meleğini vesile etmişse. Ancak çelişik gibi görünen nokta dehşetin, kurtuluşun başlangıç anıyla ortaya çıkmasıdır ki aslında bu da çok normaldir ve ders çıkartılması gereken Tanrısal bir işarettir.

Peki şu sığınılacak yer bulamaması meselesi, o işe bir açıklaman var mı? Diye sordu Markus. İçten içe, sorguladığı adama sempatisi artmaya başlamıştı.

-Onu da düşündüm tabii! Kendimce ulaştığım sonuç, bu güç odağının etkinliğinden kaynaklı. Belli dengeler olmasa, bilgenin bu adamlardan kaçabileceği bir yer yok. Dünyanın her noktasında etkinler ve zarar vermek istedikleri birine kolayca ulaşabilirler. Kısacası ellerinden kaçılabilecek bir yer yok!

-İtiraf etmeliyim ki Serge, çok zeki bir adamsın. Seni bu konuda takdir ediyorum. Olaylara farklı pencereden bakma özelliğin de kıyas kabul etmez nitelikte. Beni oldukça şaşırtıyorsun.

Bu sözler üzerine Serge, durumundan şikayetçi olma zamanının geldiğini düşündü. Yakın bir dostuyla konuşuyormuşçasına samimi bir ifadeyle:

-İyi de dostum, son zamanlarda canım çok sıkkın. İçinde bulunduğum durum özetle şu: Üzerimdeki lime lime olmuş ince kıyafetten dolayı çok üşüyorum. Zaman zaman titreme nöbetleri geçiriyorum. Duş alamıyorum ve kitap okuyamıyorum. Kısacası kendimi berbat hissediyorum. En azından bunları düzeltebilir misin? Diye sordu.

-Aramızdaki konuşmaların bu noktaya geleceğini tahmin ediyordum ve seni anlayışla karşılıyorum. Şimdi sana hoşuna gideceğinden emin olduğum bir haberim. Bu sayede moralin yerine gelecek ve daha pozitif düşüneceksin.

-Neymiş o haber? Diye sordu Serge. Yüzünde sabırsız bir ifade belirmişti.

-Öncelikle bazı şeyleri açıklığa kavuşturmamız gerekiyor. Sana bulunduğumuz yerle ilgili çok kısa bilgi vermek istiyorum. Burası Fransa'ya yakın bir noktada olmakla birlikte, üzerinde bulunduğumuz topraklar İsviçre sınırına dahildir. İlk konuşmamızda anlatmaya çalıştım, ama sen inanmadığını söyledin. Şu sıralar ülkenin her yanı yoğun kar yağışı ve fırtınaya teslim olmuş durumda. Hemen her yerleşim yeri buz kütleleriyle dolu.

Kara ulaşımı büyük ölçüde aksadı. Hatta aç kalan kurtların, yerleşim merkezlerine indiği söyleniyor ki etrafta duyduğum sesler bunu doğrular nitelikte. Dışarıda yoğun kar yağışı ve tipi var. Farkında olduğun gibi binadaki ısıtma sistemi yetersiz. Bu yüzden de üşümen normal. İyi habere gelecek olursak, sana küçük bir iyilik yapacağım. Geldiğimiz nokta itibarıyla bunu hak ettiğini düşünüyorum.

-Merakla seni dinliyorum, dedi Serge. Adama dikkat kesildi, zira iyi haberi bir an önce duymak istiyordu.

-İnisiyatif kullanarak seni normal bir odaya alacağım. Kendine ait tuvaleti olan bir yer. Ayrıca duş alman için sıcak su da var. Sana uyacağını düşündüğüm birkaç kışlık elbise getirttim. Onları giyersin. Odanın ufak bir kitaplığı bile var. Okumak sıkıntılarını kısmen de olsa giderecektir. Sohbetlerimize orada devam edeceğiz. Bu can sıkıcı kafeste daha fazla durmana gerek yok. Başından beri içime sinmemişti, ama yukarıdan gelen talimat böyleydi. Bunun için üzgünüm dostum.

-Peki bu dediklerin ne zaman gerçekleşecek?

-Yarın sabah transferin yapılacak. Oraya bir görevli eşliğinde geçiş yaptıktan sonra yanına geleceğim. Konuşacağımız konu bile hazır. Ben plan yapmayı severim.

-Ortam rahat olduktan sonra işin o kısmı kolay. Ayrıca teşekkür ederim. Yani, olumlu yönde tavır aldığın için...

-Yarın görüşürüz. İstersen bir iki şişe konyak da getiririm ve bu sayede ısınırsın.

-Aslında bir İskoç viskisine hayır demezdim, ama bu kadarı bir mahkum için lüks kaçardı sanırım, dedi Serge güleç bir ifadeyle.

-İsteğini not ettim. Yarın görüşürüz o halde! Diyen Markus, ayrılmadan önce üzerindeki kalın siyah montu çıkarıp, parmaklıklar arasından geçirerek kafesin içine bıraktı. Bu akşam bununla idare edersin, dedikten sonra çekip gitti.

Kapılar sürgülendikten sonra etraf derin bir sessizliğe büründü. Zaman geçmek bilmiyordu. Gece boyu uyumakta güçlük çeken Serge, adeta dakikaları saysa da pozitif düşünmeye çabalıyordu. İçinden "umarım birileri bunları yapmasına engel olmaz" diyordu. Markus'un verdiği monta sıkı sıkıya sarılarak kafesin dar zemininde uyumaya çalıştı. Gördüğü tuhaf rüyaların da etkisiyle ara ara uyandı. Gece boyunca bir sağa bir sola dönüp durdu.

Sabah saatlerinde yarı uykulu olduğu bir sırada demir kapının gıcırtısıyla kendine geldi. İri kıyım, kel kafalı esmer bir gardiyan içeri girdi. Elindeki anahtarlarla kafesin kapısını açtı. Serge'in toparlanmasını bekledikten sonra koluna girerek:

-Gidiyoruz, dedi.

Serge, bu tuhaf yere geldiğinden beri ilk kez keyifliydi. Biraz aksayan ve hareketsizlikten dolayı hafif uyuşuk vaziyetteki sol bacağına aldırış etmemeye çalışarak gardiyanla beraber yola koyuldu. İçinde sağlı sollu odalar bulunan genişçe bir koridorda ilerlediler. Yapı hapishaneden çok eski bir otel binasını andırıyordu. Kaldığı yer dışında demir kapılı bir oda yoktu. Yürüdükleri koridorun sonunda sola doğru başka bir koridor açılıyordu ve bir öncekine göre daha dardı. Oradan bir süre daha ilerledikten sonra ahşaptan bir kapının önünde durdular. Gardiyan kapıyı açtı. İçerisi kafesle kıyaslanmayacak ölçüde ferahtı. Duvarları beyaza boyanmıştı. Odanın içerisinde tek kişilik mütevazı bir yatak ve hemen yanında iki sandalye ve küçük bir sehpa vardı. Odanın iki küçük penceresinden kar yağışını görmek mümkündü. Markus'un tarif ettiğinden daha konforlu sayılırdı. Konuşmayı pek sevmediği her halinden belli olan dev adam, Serge'e sert bir bakış atarak:

-Birazdan sana temiz kıyafet getireceğim, diyerek yanından ayrıldı. Adam gelene kadar, Serge odanın içerisinde birkaç tur attı. Bacaklarının açılmasını sağlamak istiyordu. Gardiyan kıyafetleri getirir getirmez soluğu banyoda aldı. O kadar kirlenmişti ki bir saate yakın içeride kaldı. Vücudunu defalarca sabunladı. Temiz halde dışarı çıktığında kendini çok daha iyi hissediyordu. Üşümemek için iyice kurulandı. Üzerini giyip, sandalyelerden birine kurulduğu sırada, kapısı çalındı. Bu saygılı tavır karşısında keyfi iyice yerine geldi. Dışarıya doğru seslenip "girin lütfen!" dedi. Gelen Markus'tu. Birbirlerine arkadaş gibi davranmaya başlamışlardı ki bu tam da Serge'in istediği bir durumdu.

-Sana birazdan kahvaltı getirecekler. Ayrıca bir kahve makinesi ve iki şişe de viski, dedi Markus.

-Çok teşekkür ederim, bu çok iyi haber, dedi Serge. Peki bugün konuşmak istediğin konu neydi? Zira dün ayrıntı vermedin.

-Evet, kader hakkındaki düşüncelerini merak ediyordum. Kader kavramına bakışını ya da değiştirilebileceğine yönelik yaklaşımlarla ilgili fikirlerini paylaşmanı isteyecektim. Her zamanki gibi cümlelerinin önceden kurulu olduğundan neredeyse eminim.

-Bu konuda o kadar çok düşündüm ki inanamazsın, dedi Serge. Kader konusu ve içinde barındırdığı gizem her zaman ilgimi çekmiştir. Ancak pek çok idealist ve materyalist felsefeciyi yakından takip etmeme ve onlarca kitap okumama rağmen kafam hala karışık diyebilirim.

-Fikir jimnastiği yapmamızda fayda var o halde.

-Peki, dedi Serge.

-Seni dinliyorum, dedi Markus, diğer sandalyeye kurulurken. Bakalım bu defa hangi değişik pencereleri aralayacaksın!

-Basit şekilde ifade etmem gerekirse şöyle bir örnek verebilirim: Mesela, bir gazeteyi üstünkörü incelerken kıyıda köşede sıkışmış ufacık bir iş ilanının dikkatini çekmesi, onu kendine uygun görmen ve oraya doğru bir girişimde bulunman kaderdir belki, ama o işi elde ettikten sonra mesai arkadaşlarınla ilişkilerin tercihlerinden ibarettir. Zira birisi senin elindedir ve diğeri değildir. O ilanı görmeyebilirdin. Ya da başvurun kabul edilmeyebilirdi. Bu noktada inisiyatif sende değildir.

-Bu ayırımı çok iyi anladım, dedi Markus. Sonra?

-Bu noktada, Tanrı'nın iradesi ve insanın iradesi ayrı ayrı değerlendirilmelidir. Tanrı'nın iradesi ve gücü sonsuz iken; insanınki sınırlıdır. Hayat yürüyüşündeki ana yolları Tanrı belirlerken, basit yolları sen belirlersin. Burada, arkadaşlarına tavrın basit yola örnektir. Tanrı, insana akıl ve düşünme yetisi vererek onları irade sahibi varlıklar olarak yaratmıştır. Bu bağlamda insan, hayat yürüyüşünde yoluna çıkan seçeneklerden birini isteği doğrultusunda tercih edebilir. Yani, insanlar yaptıkları eylemler konusunda, tercihler noktasında hür bir iradeye sahiptirler. Ancak, kişinin karşına çıkan eylemleri yaratan Tanrı'dır. Kaderin tezahür ediş biçimi de bu şekilde düzenlenir.

-Bu durumda başımıza bir olay geldiğinde "kader işte, ne yapalım!" diyerek kestirip atamayız, onlardan sorumluyuz, öyle değil mi? Diye sordu Markus. Teyit beklediği açıktı.

-Tanrı'nın insana düşünme yetisi vermesi ve onu sınırlı da olsa bir irade ile donatması, kişiye türlü sorumluluklar yükler. Bu bağlamda insan, kendi isteğiyle bilerek girdiği tüm yollardan sorumludur ve bunların sonuçlarına da katlanmak durumundadır. Seçenekler yaratılmıştır ve kişi aklı sayesinde bir tercih yapar. Kendi isteğinle, hür iradenle, düşünüp taşınarak aldığın bir kararın sonuçlarına elbette ki katlanmak durumundasın!

-Peki insanın kaderi değişir mi ya da kadere müdahale edilebilir mi? Diye sordu Markus. Sözü, hayatta yanıtını en fazla merak ettiği sorulardan birine getirmişti ve zeki birinin yardımına ihtiyacı vardı.

-Kadere müdahale olayı işin en karmaşık bölümüdür. Bu konuyla ilgili olarak geçmiş yıllarda yayınlanan bir kitap okumuştum. Kennedy ailesinin bir bireyi ile ilgiliydi ve bahsi geçen olay kısaca şöyleydi: Pek çok siyasetçi yetiştiren aileye mensup erkekler içinde politikaya atılmayan tek isim olan Junior Kennedy, 1999 yılının Temmuz ayında bir uçak kazasında ölmüştü. Bu üzücü olay sonrası, bir gazeteye yansıyan habere göre dönemin CIA Başkanı, Kennedy'yi uçağa binmemesi konusunda uyarmıştı. Kitapta, olayın kahramanı çocukluğunda gördüğü bir rüyanın detaylarını üniversitede okuduğu yıllarda bir arkadaş ortamında paylaşıyordu. Gelecekte yaşanacak olaylar önemli insanların hayatlarıyla ilgili olduğu için birileri tarafından not edilmişti ve CIA'ye bildirilmişti. Rüyaya konu olan olaylardan ilki meydana gelince bu durum CIA direktörünün dikkatini çekmiş ve sonrakilere angaje olmasını sağlamıştı. Geçen zamanla birlikte, aynı kaynaklı öngörüler bir bir gerçekleşmeye başlayınca, Kennedy ile ilgili olanı da önemsemiş ve kendisini uçağa binmemesi konusunda uyarmıştı. Oradaki öngörüye göre yetersiz uçuş deneyimine sahip Junior Kennedy'nin eşi ve baldızıyla beraber bineceği uçak okyanusa çakılacak ve enkazını çıkarmak Amerikalı dalgıçlara kalacaktı. CIA Başkanı, önceki olaylar nedeniyle çocuğun rüyasına güvenerek, Kennedy'yi kurtarmayı denese de maalesef kötü olan senaryo gerçekleşmişti. Tabii dünyada yaşayan en zeki insan olan CIA direktörünün başka bir ülkede yaşayan çocuğun rüyasına göre hareket etmesi başlı başına bir mucizeydi. Kitapta en çok dikkatimi çeken husus bu olmuştu.

-İlk fırsatta okumak isterim. Gerçekten çok ilgi çekici buldum. Peki genel yorumun nedir?

-Diyelim ki Kennedy, CIA Başkanının uyarılarını dikkate alarak, bir daha uçmamaya karar verip, kurtulsaydı ne olurdu? Direktörün müdahale çabaları, bir çeşit kaderi değiştirme manevrası olarak adlandırılabilir miydi? Daha doğrusu kadere müdahale mümkün müydü ve değişirse hangisi gerçek yazgı olacaktı? Bir yaprağın kımıldayışı bile sonsuzdan beri biliniyorsa, gerçekte kader neydi? İlk etapta insanın aklına bunlar geliyor.

-Sanırım düşündükçe iş daha da karmaşık bir hal alıyor.

-Çok haklısın... Tabii bu noktada şu ayırımı iyi yapmak gereklidir. Tanrı'nın her şeyi bilmesi başka, bizlerin sorumluluğu ve hayat çizgimizi belirlememiz başka şeydir. Diyelim ki iyi bir yüzücüsün ve denizde çırpınan birini gördün. Onu kurtarmak için tüm gücünle çabaladın, ama başaramadın. Neticede dünyevi şartlarda gereğini yapıyorsun ve sonucunu tayin etmen olanaksız oluyor. Sınırlı iradenle insani bir gerekliliği yerine getiriyorsun. Sonucu, yani ana çizgiyi her zaman olduğu gibi Tanrı belirliyor. Bu durumda CIA direktörünün tüm iyi niyetiyle bir girişimde bulunması ve sonucu değiştirememesi ancak kaderle açıklanabilir. Belki de kader sakınmakla, hayatımıza yönelik dışsal bir uyarıyla değişmez. Dediğim gibi bu konudaki düşüncelerim oldukça karışık! O yazıları okuyunca daha da karmaşık bir hale geldi. Bu konuda bulunduğum nokta net değil. Araştırmaya devam ediyorum.

-Peki kader kavramına inanmanın siyasetle, kurulu düzenlerle ilgisi nedir? Okuduğum bir kitapta bu konu işlenmişti, ama tam olarak ne kast edildiğini anlayamamıştım. Son olarak bunu da açıklarsan sevinirim, dedi Markus.

-Bu da ilginç bir konu tabii... Felsefenin temel ilkelerini baz alırsan, inançla kurulu düzenin ilişkisi vardır elbette. Örneğin sosyalizm, diyalektik materyalizm felsefesi üzerinde şekillenmiştir. Materyalizm, idealist felsefenin tam zıttıdır ve doğal olarak kaderci yaklaşımlarını kabul etmez. Maddi evren dışında, doğaüstü güçlerin varlığını ve kader, kısmet gibi kavramları tamamen reddeder. Dolayısıyla bir sosyalist, materyalist felsefeye inandığından, zenginliğin ve fakirliğin kişilerin kaderi değil, bir ülkede uygulanan ekonomik düzenin sonucu olduğu düşüncesindedir. Madem kaderimizi belirleyen bizden üstün doğaüstü bir güç yoktur, o halde insanlar arasındaki ekonomik dengesizlikler olması kabul edilemez bir durumdur. İnsanların ekonomik şartlarını belirleyen, siyasal ve ekonomik düzen olduğuna göre, kişi durumunun düzelmesi yolunda, içinde yaşadığı siyasal sistemin ona göre şekillenmesi için çaba sarf etmelidir. Bu yaklaşıma göre, eşitlikçi bir toplumda dünyaya gelen kişilerin kader çizgileri de benzerlik gösterecektir. En azından ekonomik koşulları açısından... Bu durumda kaderin ipleri elimizde olsun istiyorsak, sosyalist ekonomik düzene geçmeliyiz inancındadırlar. Ülke ekonomisi tamamen devletçi bir yapıya kavuşturulmalı, merkezi sistemle üretim yapılıp, eşit olarak dağıtılmalıdır. Buna karşı çıkan idealist felsefeyse kader kavramını kabul eder ve Tanrı'nın bize biçtiği roller olduğunu öne sürdüğü için insanlar arasında ekonomik eşitsizlikler olmasını normal sayar. Bu felsefeye inanan kişi serbest piyasa ekonomisi yanlısı olur. Tabii bu noktada, felsefi doğruları tamamen şematize etmenin yanlış olabileceğini anımsatmak isterim. Zira, kişi felsefi düzlemde idealist olup sosyalizm yanlısı olabileceği gibi, materyalist olup, kapitalizmi savunabilir. İnsanlık tarihinde bunun örnekleri de mevcuttur.

Markus söylenenleri büyük bir dikkatle dinledikten sonra:

-Ne kadar konuşursak konuşalım, kafa karışıklığım devam edecek. Yine de teşekkür ederim. Kısmen de olsa sorumun yanıtını aldım sayılır, dedi. Ayrıca bilmeni istediğim bir husus daha var, dedikten sonra yüzünü buruşturdu.

-Neymiş o? Diye sordu Serge.

-Dün gece geç saatlerde lider kadrodan üst düzey biri tarafından arandım. Dakikalarca konuştuk. Kimliği gizli bu kişinin benden bir takım talepleri oldu. Daha doğrusu senden!

-Öyle mi, ne istiyormuş peki?

-Cell noir örgütüyle ilgili bilgilerin paylaşılmasını bekliyorlar. Hiyerarşik yapısıyla ilgili detayları, haberleşme ağının içyapısını ve işleyişini bilmek istiyorlar. Ayrıca yardım aldığını söylediğin Türklerin ve Amerikalıların listesi çok önemliymiş. Kod adlarından çok gerçek isimleriyle ilgililer. Bir de şu çok gizemli dediğin olayı sormamı istediler... Katharların geçmiş yıllardan bugüne uzanan gizli haberleşme yöntemlerini. Sanırım bunları bir rapor halinde sunabilirsen, buradan elini kolunu sallayıp çıkabileceksin. Sonuç itibarıyla seninle değil, elinde tuttuğun bilgilerle ilgililer. Kaldı ki burada tıkılıp kalman ne işlerine yarayacak! Kısacası sunacağın rapor kurtuluş anahtarın olacak. Zaten öyle bir sunum hazırladıktan sonra da seni alıkoymaya devam ederlerse, seni bizzat ben serbest bırakırım, dedi Markus kararlı bir ses tonuyla.

-Diyelim ki işler ters gitti ve sen böyle bir karar aldın. Başın belaya girmez mi?

-Örgütünün operasyon yaparak seni kaçırdığı süsünü verebilirim. Bunun için gerekirse üç beş adamımı gerçekten yaralarım. İnan hiç sorun değil.

-Teşekkür ederim, dedi Serge. Belki de buna gerek kalmayacak! Bahsettiğin raporu hazırlamak için ne kadar vaktimiz var? Diye sordu.

-Yaklaşık bir hafta. Bu süre içinde burada kalıp çalışmanı yapabilirsin. Başka bir seçenekse, dışarı çıkman ve ilgili belgeleri yerinde toplaman olabilir. Bu konudaki karar senin.

-Elimde somut bir belge olmadan, sadece bildiğim şeyleri kaleme alırsam, bunun onları tatmin etmeyeceği açık. O yüzden de çıkmam daha mantıklı olur. Bilgileri arşivlediğimiz bir yer var. Şifresini bilen iki kişiden biri benim. Oradaki evraklar bu noktada çok işime yarayacak.

-Öyle mi, dedi Markus. Hazinesine yaklaşan bir defineci kadar heyecanlanmıştı. Peki tam olarak nerede bu bahsettiğin yer?

-Paris'te Seine Nehri civarında bir bölgede.

-Neyse ki buralara çok uzak sayılmaz!

Serge, başkaca bir detay vermeyerek:

-Kendini zor duruma düşürmeden çıkışımı nasıl ayarlayacaksın? Diye sordu. Bana kalırsa, esas sorunun bu olacak...

-İşin o kısmını bana bırak. Bu binada sınırlı sayıda kişinin bildiği iki gizli geçit var. Üstelik kamera sistemlerinin kontrolü de bende. Arıza bahanesiyle kapatırım. Çekip gittikten sonra, seni buradaymış gibi göstermeye devam ederim. Planım son derece basit ve açık.

-Ya gardiyanlar? Diye sordu Serge.

-Gardiyanları ayarlamak kolay iş! Hepsi bana bağlı, sessiz sakin adamlar. Orasını hiç düşünme!

-O zaman işler yolunda demektir.

Bir elini Serge'in omzuna koyan Markus oldukça samimi bir yüz ifadesiyle:

-Ancak kesinlikle geri dönmen gerekecek. Bir numara yapıp, beni de kendini de zor durumda bırakmayacağını umarım, dedi. Sözleri imalıydı.

-Söz veriyorum! Geri döneceğim. Yoksa bana güvenmiyor musun?

-Sana güveniyorum. Öte yandan, o bilgileri alana kadar, sana karşı önemli bir kozu ellerinde tutacaklar, haberin olsun!

-Hangi kozu? Neden söz ediyorsun? Diye sordu Serge. Yüzünde endişeli bir ifade belirmişti.

-Adamlar çok güçlü dostum. Çok da acımasız! Farkında olduğunu umarım.

-Lafı uzatma lütfen! Çıkar şu ağzındaki baklayı!

-Hani şu çok sevdiğin; sırılsıklam aşık olduğun ve uğruna şiirler yazdığın Parisli güzel var ya! Onun kim olduğunu öğrenmişler ve sana karşı koz olarak kullanmaları olasılık dahilinde... Hatta bana sorarsan bunu yapacakları kesin!

-Isabelle'i mi kast ediyorsun?

-Evet ondan bahsediyorum. Öğrendiğime göre sürekli takip altındaymış. Bir klinikte hemşire olarak çalıştığını da işe gidiş dönüş saatlerini de ayrıntılarıyla biliyorlar. Kısacası her hareketini kontrol altında tutuyorlar. Senden istediklerini alamazlarsa ona zarar vereceklerinden adım gibi eminim.

-Bana karşı savunmasız bir kadını mı kullanacaklar yani? Dediğin bu mu? Diye sordu Serge. Duydukları şok ediciydi. Sarsılmıştı ve sükunetinden eser kalmamıştı.

-Sen bu adamları benim kadar tanıyamazsın. Yıllardır onlar için çalışıyorum. Bunlar istedikleri şeyi mutlaka almak isterler ve kimseye acımazlar. Onlar için amaca giden yolda her şey meşrudur. Senden ricam, ayrıntısına çok takılmadan söylenenleri yapman. Adamların şakası yok! Sana da o zavallı kadına da zarar gelsin istemem.

-Peki, öyle olsun! Senin iyi niyetli olduğundan eminim. Samimi yaklaşımından dolayı minnettarım. Gereken neyse yaparım. Dikkatli olacağım, söz! Ben dönene kadar onları oyalayabilirsen, gerisini ben hallederim dostum, dedi Serge.

-Sana inanıyorum, dedi Markus. Karşısında duran adamın elini samimi bir biçimde sıkarken:

-En kısa zamanda düğmeye basacağız, dedi. Bu son ifadesi Serge' le aynı tarafta olduğu izlenimi veriyordu. Bu samimi sözler üzerine Serge, çoğu zaman ona güvensizlik beslediği için pişmanlık duydu.

-Ben de ilgili dokümanları bulup, kafamdaki bilgilerle birleştireceğim. Raporumun onları tatmin edeceğinden eminim.

-Anlaştık o halde. Kısa bir süre sakince bekle. Viskini iç ve keyfine bak. Şartlar hazır olunca yanına gelip, haber vereceğim. Bu arada sana kış şartlarında problem çıkartmayacak bir araç ayarlamam gerekli. Hatta istersen yeni bir telefon da bulabilirim!

-Telefon güvenli olmaz. Eminim ki sesim kayıt altındadır. Konuşmaya başlarsam buradan ayrıldığımı fark edeceklerdir. Araç içinse şimdiden teşekkür ederim. Geri döndüğümde burayı tekrar nasıl bulacağımı harita veya internet üzerinden göstermen yeterli. Nasılsa bölgeye çok yabancı sayılmam.

-O konuda sana gerekli bilgileri vereceğim. Bu arada, inan işlerin bu aşamaya gelmesini istemezdim, dedi Markus. İşin içine bir kadının karıştırılmasına o da içerlemişti.

-Sana inanıyorum dostum, dedi Serge. Tanrı ikimizin de yardımcısı olsun!

Markus, dışarı çıkar çıkmaz Serge'in ilk yaptığı şey duvara birkaç yumruk atmak oldu. Isabelle'in tehlike altında olması onu çok üzmüştü. Otuzlu yaşlardaki kadını çok seviyordu ve bu onun zayıf karnıydı. İçinden "Bu kadar sıkıntıdan sonra bu hiç iyi olmadı!" diyordu. Kısa süre sonra kendini yeni bir maceranın içinde bulacağından neredeyse emindi. Bu ellisini deviren bir adam için zor bir görev olacaktı. Yıllar yılı hayatından problemler hiç eksik olmamıştı. Aşkı ile davası arasında kalmaksa başına ilk kez geliyordu. Bu tür durumlarda tercihini davasından yana koyması gerektiği öğretilmişti, ama o duygusal biriydi ve Isabelle'i feda etmesi mümkün değildi. Endişe içinde, Markus'tan gelecek haberi beklerken içinden "bakalım bu işten nasıl sıyrılacağım" diyordu. Hayat yorgunuydu ve yeni maceralara hiç mi hiç hazırlıklı değildi. Viskisinden birkaç yudum aldıktan sonra, yatağına uzanarak derin düşüncelere dalıp, gitti...

**

Üst üste yuvarladığı sert viski ve yatağının rahatlığı oracıkta uyumasına yol açtı. Dalmasıyla kendini tuhaf bir düşün içinde bulması bir oldu. Bilmediği bir yerde bar benzeri bir yapının önünde bekliyordu. Derme çatma, tek katlı bina ona bir garip görünmüştü. İki penceresinin de camı kırıktı. Kapısı western filmlerindekini andırıyordu ve iki kanadı da ileri geri sallanıyordu. İçerinde belli belirsiz bir insan silueti görünüyordu. Mekanın kapısına doğru yönelirken girişe bağlanmış simsiyah renkli kocaman bir köpeği görünce duraksadı. Hayvanın bakışları hiç de dostane değildi ve durumu hayra alamet görünmüyordu. Ortamda düşmanlık işaretleri yoğundu. İçinden bir ses oradan hemen uzaklaşması gerektiğini fısıldıyordu ancak, üzerinde tonlarca ağırlık vardı sanki ve kıpırdamasına izin vermiyordu.

Bir kapı sesiyle uyandığında karmaşık duygular içindeydi. Yarı sersem halde etrafına bakındı. Markus'u karşıda dikilmiş halde görünce gözlerini ona dikti. Sorgucu açıklama ihtiyacı duyarak:

-Günaydın! Kapıyı defalarca çaldım, ama duymadın, dedi. Serge, söylenenlere pek aldırış etmedi, zira akşamdan kalmaydı.

Üzerindeki elbiselerle öylece yatmıştı. Yerinden doğrulup başını iki elinin arasına aldıktan sonra:

-Günaydın! Çok derin uyumuş olmalıyım. Tuhaf, bir o kadar da sıkıcı bir rüya görüyordum ki sayende uyandım, diyerek karşılık verdi. Bu sözler üzerine hafif gülümseyen Markus, kısa yoldan durumu izah etmek niyetiyle:

-Her şey hazır, dedi. En azından benim açımdan! Uyku sersemi Serge:

-Niçin her şey hazır? Diyerek karşılık verince, Markus:

-Buradan gitmen için gerekli hazırlıkları yaptım. Birazdan kahvaltını getirecekler. Yemeğini yedikten sonra, tekrar geleceğim ve işe koyulacağız. Sıkı giyinmeyi unutma! Dedi.

-Bunu kast ettiğini anlamalıydım. Dışarıda berbat bir hava olduğu görüyorum. Her neyse! Gardiyanın getirdiklerini üst üste giyerim. Buralarda modayı takip edecek halim yok.

-Çok mütevazısın, dedi sorgucu.

-Araç konusunu hallettin o halde. Umarım beni yarı yolda bırakmayacak bir şeydir!

-Merak etme, ayarladığım jeep, tank kadar sağlam, dedi Markus.

-Peki, kime ait?

-Orası seni ilgilendirmez!

-Bir kontrol noktasına denk gelirsem, evrak göstermem gerekebileceği sordum. Yine de teşekkür ederim.

-Niçin teşekkür ediyorsun?

-Beni ilk sorguladığın zamanlarda, acımasız biri olduğunu düşünmüştüm, ama görüyorum ki yanılmışım.

-O anları unutmanı öneririm. Rolümü oynamak zorundaydım, hepsi bu! Sonuç olarak istenen bilgileri verirsen bu iş kısa yoldan noktalanır.

-Herkes rolünü oynasın bakalım! Bunun bir sakıncası yok!

-Şimdi çıkıyorum. Senden ricam yemeğini yemen ve hazırlanman. Yolda gerekli olabilir diye biraz para da vereceğim.

-Kredi kartı kullanacak kadar acemi değilim, merak etme!

Bu kısa sohbetten sonra soluğu sistem odasında alan Markus, kameraları anbean izleyen görevliye:

-En dikkat çekmeyecek arıza kodu nedir? Diye sordu. Görevli biraz düşündükten sonra:

-Efendim, bu türden durumlar için on yedi numaralı kod en uygunu, dedi.

-Peki, anlamı nedir?

-Efendim, ani elektrik arızası sonrası kesintisiz güç kaynağının hemen devreye girmemesi olayı... Kodun açılımı bu şekilde.

-Bana en az on dakika lazım. Sana talimat verdiğimde sistemi devre dışı bırakarak, hata kodunu ekrana yansıtacaksın. Arayan soran olursa her şey yolunda, düzeltiyoruz dersin, anlaştık mı?

-Emredersiniz efendim, diyerek karşılık verdi görevli. Ups akü sorunu veya başkaca teknik bir bahane bulurum, orasını siz merak etmeyin, diye ekledi. Teşekkür eden Markus, görevlinin yanından ayrıldı ve yeniden Serge'in yanına gelerek durumunu kontrol etti. Yüz ifadesinin gerginliği dikkat çekiciydi. Renkleri birbiriyle uyumsuz kıyafetleri kat kat giyinmişti. Bu haliyle, soğuk havada odun toplamaya giden köylüleri andırıyordu. Kahvaltı boşlarıysa sehpanın üzerinde öylece duruyordu.

-Gitme vakti yakın, dedi. Bilgi işlemciden onayı alınca çıkmak için sadece on dakikamız olacak. İşi uzatırsak, dikkat çekici olabilir.

-Dolduracak bir valizim yok, diye yanıt verdi Serge. Cebinden çıkardığı paraları adamın eline sıkıştıran Markus "bunlarla idare edersin. İki bin euro'dan biraz fazla" dedi.

-Sağ ol dostum, dedi Serge.

-Elini çabuk tut ve söz verdiğin bilgilerle beraber dön!

-İşte sana önceden kurulu bir ifade daha! Vicdan, Tanrı'nın dinleme cihazıdır. Hem de ihtiyacı olmamasına rağmen! O benimleyken ne onu ne de Tanrı'yı kandırabilirim. İkisinden de kaçamam. Çünkü sonsuz güçlü Tanrı her yerdedir. Vicdanım da yaşadığım sürece içimde ve diridir. Kendimi kandırsam bile, onu kandırmam mümkün değildir. Ayrıca kozlar sizin elinizde... Dönmeyip de ne yapacağım, diyerek karşılık verdi Serge.

-Güzel sohbetlerinin devamını sabırsızlıkla bekleyeceğim diyen Markus, telefonunu çıkarıp, bilgi işlem sorumlusunu aradı. Adam, bir dakika içinde gerekli ayarlamaları yapabileceğini söyledi.

-Uygundur, diyen Markus heyecanını gizlemeye çalışıyordu. Serge ise oldukça sakin görünüyordu. Üstünü başını kontrol ettikten sonra:

-Gitmek için hazırım, dedi. Kısa bir sessizlik sonrası görevlinin "sistem tamamen devre dışı efendim" demesiyle beraber harekete geçtiler. Koridorun ucunda bulunan bir odadan bodrum kata geçiş vardı. Oradan indikten sonra, dev bir tablonun arkasına gizlenmiş kapıdan kapkaranlık başka bir koridora daldılar. Markus, telefonunun feneriyle yolu kısmen aydınlattı. Serge, birkaç metre gerisinden geliyordu. Yaklaşık iki üç dakika hızlı adımlarla yürüdükten sonra, kendilerini banka kasasını andıran başka bir kapının önünde buldular. Sorgucu, feneri kapının ortasına bir noktaya odakladı. Dijital bir panel ve kol vardı. Şifreyi tuşladı. Yeşil ışık yanınca metalden yapılma kolu bir tur döndürdü. Gözleri kamaşmış halde dışarı çıktıklarında karşılarında üzeri karlarla kaplı, sık ağaçlı bir dağ sırası görünüyordu. Belli ki geçit doğrudan dışarıya açılıyordu. Tutulduğu yer, kar küremesi henüz yapılmış geniş bir yolun hemen yakınındaydı. Markus, biraz ötede bulunan mavi renkli jeepi işaret ederek "yol arkadaşın bu" dedikten sonra anahtarını Serge'in eline bıraktı. Birkaç saniyelik sessizlikten sonra:

-Bol şans dilerim, dedi Markus. Adam tek kelime etmeden araca doğru yöneldi. Sorgucuysa geldiği yoldan koşar adımlarla, görev yerine döndü ve her şey normal akışındaymış gibi işinin başına geçti. Ajandasından yapacaklarını kontrol etti. Ofisinde elektronik postalarını okuduğu sırada gardiyanlardan biri Markus'un yanına gelerek:

-Efendim, kapıda nöbet tutmaya devam edecek miyim? Diye sordu.

-Hemen görev yerine dönmeni emrediyorum, dedi hiddetli bir ses tonuyla. Adam buradaymış gibi davranmak zorundayız, zira izleniyoruz. Beklemeyi bırakırsan bu dikkat çekici olur. Serge, gelene kadar rolümüzü oynamaya devam edeceğiz, anlaşıldı mı?

-Anlıyorum efendim, dedi gardiyan. Bu arada çıkarken not defterini unutmuş. Ne yapmamı istersiniz?

-Bir defter mi? Yakaladığımızda üzerini aramıştık. Ona ait olduğundan emin misin?

-Evet efendim. Pantolonunun iç kısmına saklamış olmalı. Küçük bir şey zaten.

-Tamam, bana getirin!

-Emredersiniz, diyerek ayrılan görevli kısa bir süre sonra elinde siyah deri kaplı ince bir not defteriyle geri döndü. Markus, eline aldığı defteri bir süre inceledi. Üzerinde Serge'e ait olduğuna dair en ufak bir işaret yoktu ve epeyce yıpranmıştı. Orta sayfalara doğru kısa notlar tutulmuştu. Markus, neler yazdığını merak ettiği için sayfaları yavaş yavaş karıştırmaya koyuldu. Kısa notlar ve hemen altlarında tarih bilgileri vardı. Tarihlerin belli bir mantığı yoktu ve muhtemelen cümlelerin muhatabı sevdiği bir kadındı. Detayları okuyup okumama konusunda bir süre tereddüt etti, zira kısa zaman içinde adama saygı duymaya başlamıştı. Bir süre sonra, merakına yenik düşerek, sayfaları yeniden karıştırmaya başladı. Fransızca olarak kaleme alınan notlarda şunlar yazılıydı:

"Gün gelir bir başka döner dünya ve aşk kazanır; insanlık kazanır. Öylesi bir günde seni sıkı sıkı sarmak en büyük hayalim! En acılı zamanlarda bile beni dingin tutan şey o güne olan inancım..."

12 Haziran 2002 Lyon

"Sınırları gönlünce olan bir hayat dile benden... Dertleri bana, sefası sana ait olsun..."

2 Mart 2003 Madrid

"Fırtına dindiğinde onarır yarasını kıyılar, şarkılar yedi dağın yeşiline bürünür, diz boyu masallar üstünde top koşturur çocuklar. Betonlar tuzla buz olur ve çiçekler kazanır... Sen hep güzelliğin safında ol!"

5 Ekim 2003 İstanbul

"Kopalım diyorsun. İyi de nasıl diyorum! Ben, sana ruhumda açtığın yaralarla bağlıyken nasıl olacak bu? Geçmişe yolculuk yapıp, tanışmamızı mı engelleyeyim? Söyler misin bana kabuk bağlamamaya yeminli bu tazeliği geçmez yaralar nasıl kapanacak?"

8 Aralık 2004 Roma

"Düşlerine uzanmış, sonsuz bilinmezi düşünüyorum. Sonra, bazen düş içinde düşteyim... Her sahnesinde başrolde sen varsın... Çorak topraklara iyimserlik ektim ve hasat zamanı belirsiz. İçimi ısıtan gözlerindeki ışıltıyı mehtaplı bir geceye bandırmak tek dileğim."

28 Şubat 2005 New York

"Duru bir ırmaktı ve bahar kokuyordu. Pusulası kader olan ateşsiz bir yanmaydı... Bir göçtü sana yolculuğum ve kervanın başı sonu belirsizdi."

17 Haziran 2005 Paris

"Bu, sarılıp yattığım hasretin... Yakamoz lekesi yastığımdaki... Yokluğuna sarıldım. Günahlarımdan arınarak senli düşlere daldım..."

13 Ekim 2005 Atina

"Son güz geldiğinde yavaş yavaş veda edeceğim sana. Senden önce gitmeliyim, zira kaldıramaz bu yürek ölümünü. Her türlü acının provasını yaptığımı sansam da buna mecalim yok. Ölmeden önce görmek istediğim son manzara doyamadığım yüzün olmalı"

27 Kasım 2005 Münih

Yazılanları sonuna kadar okuyan Markus içinden "böyle bir adama bunları yazdıran kadını merak etmemek elde değil" diye geçirdi. Her şey yolunda giderse ileride adamla dost olmayı bile deneyebilirdi.

**

Yola koyulan Serge'in kafası karışıktı. Muhteşem güzellikteki kar manzaraları ve geçici olarak elde ettiği özgürlüğü onu az da olsa neşelendirmişti. Radyonun açılış düğmesine basıp, kanalları karıştırdı. Kitaro'nun dinlendirici müziklerinden birine denk gelince durdu, zira bu tam ona göre bir türdü.

Mantıklı bir plan yapması gerektiğini iyi biliyordu. Belgeleri getirmek işin önemli bir parçası olsa da Isabelle'i uyarmak ilk yapması gereken şeydi. Adamlar Markus'un iddia ettiği kadar güçlüyse bunun bir yararı olmayabilirdi, ama en azından kız tehlikede olduğunu bilmeliydi. Sonuçta bu duruma yol açan kendiydi!

Yol tabelalarına göre Fransa sınırına yakın bir bölgedeydi. İlk iş olarak Lyon'daki evine uğrayacak ve hemen ardından Paris'e doğru yola koyulacaktı.

Yol boyunca mola vermedi. Yaklaşık iki saatlik sürüşten sonra Lyon'a vardığında, kente yoğun şekilde kar yağıyordu. Yalnız yaşadığı evine vardığında etrafı kontrol etti. Bir değişiklik olmadığını fark edince içeriye geçti. Dubleks evi oldukça genişti. Ortada kayıp bir belge veya eşya olup olmadığını merak ediyordu. Giriş katına ve mutfağa üstünkörü bakındı. Buzdolabındaki yiyecekler olduğu gibi duruyordu. İkinci kata çıkıp diğer odaları ve çekmecelerini kontrol etti. Eşyalar yerli yerindeydi. Bir anormallik sezmedi. Yatak odasında eve giriş çıkışları gösteren kamera sisteminin bağlı olduğu bir bilgisayar vardı. Geçmişe dönük kayıtları inceledi. Hiçbir sıra dışılığa rastlamadı. Kontrolleri bitirdikten sonra Markus'un verdiği elbiseleri çıkardı, zira onları hiç de hijyenik bulmamıştı. Üzerini değiştirdikten sonra ufak bir sırt çantasına birkaç parça elbise yerleştirdi. Kendini kamufle etmesi gerekebilirdi. Bunun için birkaç atkı, gözlük ve şapka almayı ihmal etmedi. Bir çelik kasa içerisinde muhafaza ettiği Didier Moulineau adına düzenlenmiş sahte kimliğini çıkarıp, cebine koydu. Paris'teki otel konaklamalarında sürekli olarak kullandığı isim buydu. Lyon, Paris'e uzak mesafede olduğundan bir an önce yola çıkmalıydı.

Kendi aracı yerine Markus'un tahsis ettiği jeepi tercih etti. Sırt çantasını arka koltuğa atarak araca bindiğinde kar serpiştirmeye devam ediyordu. Yol almaya başladığında kar yağışının şiddetini arttırdığını fark etti. Bu nedenle istediği hızda gidemiyordu. Bir süre dikkatli bir şekilde yoluna devam ederken, acıktığını fark etti. Yaklaşık yirmi dakikalık kısa bir mola verip, yiyecek bir şeyler aldı. Bunları araç içinde atıştırdıktan sonra yoluna devam etti. Paris'e vardığında neredeyse gece yarısı olmuştu. Kızla temasa geçmek için ertesi günü beklemeye karar verdi ve her zaman konakladığı L'étoile de Paris oteline yerleşti.

Ertesi gün uyandığında ilk işi, Isabelle'in evine gitmek oldu. Üç katlı evin giriş kapısına doğru yaklaştığında heyecan içindeydi. Zile birkaç kez basıp, bekledi. Yanıt alamayınca şansını yeniden denedi, ama evde olduğuna dair bir belirti yoktu. Tüm denemeleri başarısız olunca şansını klinikte denemeye karar verdi. Isabelle'in numarasını ezbere biliyordu, ama telefonu olmadığı için araması mümkün değildi. Yakındaki bir postaneye uğrayıp, telefon kartı alması gerekti. Girdiği ilk kulübeden kızı aradı. Defalarca çaldırdığı telefona bir yanıt gelmedi. İçinden "meşgul olmalı" diye geçirdi. Telefon kulübesinden çıkıp etrafı turladı. İçi içine sığmıyordu. Sağına soluna bakındı. Yakınlarda bir bar olduğunu fark edince, içeriye dalıp iki duble viskiyi ardı ardına yuvarladı. Normalde bu saatlerde içmezdi, ama gerginliğini ancak bu şekilde dizginleyebileceğini düşündü. Dakikalar sonra kulübeye dönüp şansını yeniden denedi. Bu kez cevap veren kız, buz gibi bir sesle "aloo" dedi. Serge, ankesöre ufak bir bez parçası sardıktan sonra "merhaba hemşire hanım, ben hastalarınızdan Didier. Lille'den okul arkadaşınız" dedi. Genç kadın bir süre afalladı. Cümle tanıdık, ses tonu oldukça yabancıydı ve o kadar derinden geliyordu ki sahibinden emin olmak neredeyse olanaksızdı. Serge'in, bu cümleyi sadece takip altındayken, dinlenmeye karşı kurduğunu iyi biliyordu. Isabelle, bunları anımsayınca, emin olmak için:

-Merhaba Didier, size nasıl yardımcı olabilirim? Diye sordu.

-Kulaklarımdaki ağrılar geçmedi ve bir süre daha Paris'teyim. Yeniden muayene olma şansım nedir? Diyerek yanıt verdi adam. Kulak ağrısı, aralarındaki şifrenin devamıydı ve bu kesinlikle Serge'di.

-Öğleden ikiden sonra hasta kabulüm görünmüyor. O saatten sonra bekliyorum sizi, dedi kadın.

-Peki sağ olun!

Konuşmanın bitimiyle birlikte Serge, buluşma öncesi ufak bir hazırlık yaptı. Kırmızı renkli atkısını boynuna sıkı sıkı doladı. Okuma gözlüklerinden kalın çerçeveli olanlarından birini taktı. Bordo renkli kareli şapkalardan birini kafasına geçirip, aracıyla yola koyuldu. Kliniğe yaklaştığında araçtan inip, bir kulübeden yeniden aradı. Size çok yakın bir noktadayım hâlâ uygunsanız kayıt yapıp, içeri geçeceğim, dedi. Bu sözler, iki sokak ötedeki La Briciola isimli kafede bekleyeceği anlamını taşıyordu. Tamam, demekle yetindi. Bunun üzerine, şefinden bir süre için izin alan kadın, heyecan içinde mekanın yolunu tuttu. Isabelle, manken gibi dik duruşlu, geniş suratlı, iri gözlü, sarı saçlı, güzel bir kadındı. Kocaman yeşil gözleri büyüleyiciydi. Yeşil ve siyahın hakim olduğu kıyafetleri giymeyi severdi. Sevgilisini haftalar sonra yeniden görebileceği için mutluydu. Birkaç dakika içinde kendini kafenin önünde bulan Isabelle, nefes nefese kalmıştı. Mekana girdiğinde onu bir masada tek başına gazeteleri karıştırırken buldu. Koşar adımlarla adama yöneldi. Sıkı sıkıya kucaklaştılar. Kısa bir hal hatır sorma faslı sonrası Isabelle:

-Beni meraktan öldürmek mi istiyorsun, nerelerdeydin? Diye sordu.

-O kadar çok şey var ki anlatacak, diyerek karşılık verdi adam. Otur bakalım şöyle!

Kadını görmesi Serge' e çok iyi gelmişti. Onun iyimser ve sevgi dolu bakışları, hüzün bulutlarını dağıtmaya yeter de artardı. Kısa yoldan söze girerek:

-Lyon'da baş etmem gereken sorunlar vardı. Seninle temasa geçmemem gerekiyordu ve sonrasında daha kötü bir şey oldu.

-Ne oldu? Diye sordu kadın, sabırsız bir ifade takınarak.

-Karşı taraf beni ele geçirdi. Sorgulandım. Pek çok şeyin farkındalar. En kötüsü de sana olan aşkımı öğrenmişler ve istedikleri bilgileri vermezsem sana zarar vereceklerini ima ediyorlar, dedi. Sakin tavrından ödün vermeyen Isabelle:

-Kimlermiş bu karşı taraf? Diye sordu.

-Karmaşık bir konu, bir o kadar da sıkıcı...

-Demek iyi insanların sırlarını kötülere vermeye hazırlanıyorsun. Hem de beni kurtarmak için, öyle mi? Böylesi bir durumun er geç gerçekleşeceğini tahmin etmen gerekmez miydi? Diye sordu. Serge, savunma pozisyonuna geçerek:

-Güç gösterisi yapmak bu adamların rutini olmuş durumda ve ben karşı duruş sergilemekten bıkmış biriyim, dedi. Sürekli hukuk dışı iş yapıp, kılıfına uydurabilen biri, bunun sonsuza kadar mümkün olduğunu düşünmeye başlar ve artık normal yasal sınırlar içinde davranmayı unutur. Tıpkı bu adamlar gibi... Ne biz, ne de insanlığın geri kalanı bunların umurunda değil! Sonsuz hırslılar. Çıkarları için senin gibi iyi kalpli birini bile harcamaya hazırlar. İşin acı tarafı da bu.

-Korkuyorsun yani? Tam olarak durum bu mu?

-Karşımızda ucu bucağı belirsiz bir iceberg var. İçyapısını çözmek neredeyse olanaksız. Biz çok gizli bir yapı olduğumuzu sanıyorduk. Adamlar sadece gizli değil, aynı zamanda sınırları belirsiz ölçekte acımasız... Kaldı ki hayat bana şunu öğretti: Bazen en büyük çaba çabasızlık; en büyük muhalefetse hiç muhalefet etmemektir.

-Bırak felsefe yapmayı! Neden direnmeyi veya başka bir çözüm bulmayı denemiyorsun? Hiç direnç göstermeden nasıl kazanacaksın ki!

-Konu benimle sınırlı olsa belki, ama sen benim hassas noktamsın; tek zaafımsın. Hayatım sorunlarla baş etmeye çalışarak geçti. Bizler iyi safta kalarak, yüzyıllar boyu oyunumuzu doğru şekilde oynamaya çalıştık. Geldiğimiz nokta ortada. Artık gizlenmenin ve net karşı duruşlar sergilemenin olanaksız olduğu kötü bir çağda yaşıyoruz. Gerisini kadere bırakmak en doğrusu diye düşünüyorum. Sevgilisinin kendince bahanelerini sabırla dinleyen Isabelle:

-İyilik kötülüğe teslim olmaz, dedi. Bazen yenilgiler ve geri çekilmeler yaşanabilir, ama teslimiyet asla... Bunca bağlantın var, tek yapabildiğin her isteneni önlerine sunmak olmamalı, öyle değil mi?

-Ne bağlantısı, bazen kendimi doğaya rastgele salınmış yılkı atı gibi hissediyorum.

-Senin yaşındaki birine yakışmayan sözler söylüyorsun... Bunları duyan biri doksanını çoktan devirdiğini düşünürdü.

-Sana zarar geleceğine, her şeyi ifşa ederim daha iyi! Başına kötü bir iş getirirlerse ve buna tanık olursam yaşayamam, anlıyor musun? Bunun yaşla da bir ilgisi yok!

-Bana olan aşkın, yüzlerce yıllık davayı afişe etmene yol açacaksa, ayrılırız olur biter. Benim yüzümden davanı satamazsın.

Kadının sözleri oldukça sertti. Oysa Serge, kadına tutkuyla bağlıydı. Isabelle isminin ayrılıkla kelimesiyle aynı cümlede kullanılmasına bile tahammülü yoktu.

-Seninle ben ruhla beden gibiyiz. Ayrılık, ölüm demek. Ölmeden mezara girmek demek. Bunu benden nasıl beklersin? Diye sordu.

-Ne yani herhangi bir nedenle ayrılırsak, ölür müsün? Bunlar Doğu kültürlerine ait laflar ve sen bir Batılısın, unutma!

-Böyle bir şey olursa, hayattaki her şey anlamsızlaşır. Bu ölmek değil de nedir?

-Bu sözleri başka kadınlara da söylediğinden eminim. Bir de sakın, sen onlardan farklısın gibi cümleler sarf edip kendini küçük düşürme! Bu tür sözler bende hiçbir etki yaratmaz!

-Elbette ki farklısın!

-Nasıl bir farkmış bu anlat bakalım! Dedi Isabelle. Sevgilisinden klasik bir iltifat beklemiyordu, zira sıradanlık asla ona göre değildi. Ancak ikna edici olacağını da sanmıyordu.

-Annene gereğinden fazla düşkünsün demiştim bir gün, hatırladın mı? Diye sordu Serge. Bir süre duraksadı. Ona gereğinden fazla değer veriyorsun ve O bunu hak etmiyor gibi cümleler sarf etmiştim, diye ekledi.

-Evet, hatırlıyorum ve ben de sana çok ağır hakaretlerde bulunmuştum. Olanları unutmak ne mümkün, dedi kadın.

-Beni tanırsın, hakaret işitmeye hiç alışık değilim. Zekamı, erdemlerimi, tüm değer verdiğim şeyleri o kadar aşağılamana rağmen hiç kızmamıştım. Bunları başka kadın yapsa hemen ayrılır, bir ömür boyu konuşmazdım. O anda anladım ki beni tüm kalbinle, çok saf ve temiz duygularla seviyorsun. Bu kalp uğruna hayatımı feda ederim dedim kendime. Beni aşağılaman, sana kopmaz bir zincirle bağlanmama yol açtı.

-Hayatım iltifat duymakla geçti. Bu kısımları geçelim!

-Ne anlatmamı istersin peki?

-Senin gibi zeki, hatta dahi diye nitelendirilen bir insanın her türden olay için alternatif bir planı olmalı, öyle değil mi? Her iş için bir senaryosu olan adama ne oldu? O akıllı Serge nerede? Mesela bunlardan bahsedelim, dedi kadın. Bu sözler Serge'in kısmen rahatlamasına yol açtı.

-Aslında kendimce bir planım var. Karşı taraf ikna olur mu bilemem...

-Demek ki ortada bir plan var! Ne kadar iyi bir haber!

Sevgilisinin hafif alaylı sözlerine aldırış etmeyen Serge, bir süre suskunlaştı. Cebinden çıkardığı telefon bataryasını andıran koyu siyah renkli cihazı eline alarak "on" tuşuna bastıktan sonra geri bıraktı. Duyma mesafesinde kimsenin olup olmadığını kontrol etti. Isabelle, meraklı gözlerle sevgilisini süzüyordu. Serge "bu dinlemeye karşı aldığımız ufak bir önlem" diyerek duruma açıklık getirdi.

-Anlıyorum, dedi Isabelle. Peki planın nedir? Diye sordu bir kez daha.

-Sırları bir yere kadar ifşa edeceğim. Bir kısmını ettim de zaten! Elimde onları tatmin edecek kadar bilgi ve belge olduğunu sanıyorum. İkna olurlarsa, kısa yoldan bu işten sıyrılabilirim.

-Kim bu adamlar ve tam olarak ne istiyorlar?

-İşin o kısmı oldukça karışık. Global çapta bir güç odağı, detaylarını çözmek oldukça zor görünüyor.

-Onlardan neleri saklayacaksın peki?

-Bu en üst seviyede gizli bir bilgidir. İlk bilmen gereken husus bu!

-Kimseyle paylaşmayacağımdan emin olabilirisin.

-Bundan kuşkum yok. Hayatta en güvendiğim kişi sensin, biliyorsun.

-Teşekkür ederim, dedi kadın güleç bir yüz ifadesiyle.

-Organizasyonumuza ait çok önemli iki yer var. Bu noktaları son ana kadar afişe etmeyeceğim. Amacım, elimde oynanabilecek son bir koz bulundurmak. Kötü senaryo gerçekleşmez ve benden daha fazlasını istemezlerse işleri yoluna koyabilirim. Gerçi beni sorgulayan adamla kısa sürede dost oldum, ama tüm inisiyatifin onda olmadığı belliydi.

-Nereleri kast ediyorsun?

-Bahsedeceğim yerlerinden çok az kişinin bilgisi var. Bana bir şey olması ihtimaline karşı senin de bilmeni istiyorum. Ayrıca, bir gün zor durumda kalırsan bu bilgiyi hayat güvencen olarak kullanabilirsin.

-Umarım en kötüsü gerçekleşmez. Başına bir şey gelmesi hayatta en son isteyeceğim şey.

-Çok tatlısın dedi Serge, aşkına sevgi dolu bir bakış atarken.

-Gerçekten detayını merak ettim. Seni dinliyorum.

-İlki, bir gün dünya çapında bir savaş olur ve her yer yıkılırsa, geriye kalanların erişip, hayatlarını sürdürebilmelerini sağlayacak bir depo... İçinde binlerce bitki ve tahıllara ait tohumlar saklı. Ayrıca birkaç ay boyunca yüzlerce kişiye yetecek kadar yiyecek içecek stoku da mevcut. Periyodik olarak yenilenmeleri yapılıyor. Yüzyıllar boyu büyüklerimiz tarafından oluşturulan bir yapının içinde gizli ve iyi korunuyor. Norveç'te bulunan Kıyamet Ambarı benzeri bir yapıdan bahsediyorum... Diğeri teknoloji bilgi bankası. Bir bilgisayarı sıfırdan icat etmek gerekirse, ihtiyaç duyulacak tüm donelerin saklı olduğu bir yer. İnsanlık tarihi boyunca yapılmış icatların şemalar yardımıyla detaylı anlatımı ve bilimsel verilerin yazılıp, korunduğu gizli bir üs var... Hastalıklara karşı aşılar, bunlara ait formüller, ilaçlar ve yapımında kullanılan hammadeler de yine orada saklı... Her iki depo da yerin onlarca metre altında bulunuyor. Bu kozları onlara vermeyeceğim.

-Bu bahsettiğin yerler nerede peki?

-Tohumların saklı olduğu depo Almanya'da Griesheim kentinin birkaç kilometre batısında. Bilimsel verilerin gizlendiği yeraltı üssü ise Danimarka'da Aalborg şehrinde. Konum bilgilerini not ettim ve detaylarını vereceğim. Enlem ve boylam numaraları Fince dilinde Kven lehçesinde yazılı. İhtiyaç duyarsan internetten tercüme edip bakabilirsin. Bu dili seçmemizin nedeni az bilinmesi ve dikkat çekmemesi. İlgili yerlere ulaşım bilgileri ve depo kapılarının giriş şifreleri sana vereceğim kağıdın en altında Urduca dilinde yazılı olacak. Alfabesi bizimkinden farklı olduğu için internetten inceleyip, en azından sayıları öğrenmelisin.

-Niye bu denli karmaşık yöntemlere başvuruyorsunuz ki hiç anlamıyorum. Bu gerçekten çok sıkıcı!

-Gizlilik işimizin en önemli parçası. Karşı tarafın şeytanlıklarıyla başka türlü baş etmek olanaksız... İşte tam da bu yüzden, diyerek karşılık verdi Serge.

-Hayatını güven üzerine kuran birinin geldiği yer "asla kimseye güvenme" noktası mı? Diye sordu Isabelle. Sevgilisinin sessiz kaldığını görünce sorusunun saçma olduğunu anlayıp, sustu. Serge, üzerine koordinat bilgileri not ettiği kağıdı kadının eline tutuşturduktan sonra:

-Şimdi işinin başına dön ve seninle temasa geçmeden beni aramaya kalkma lütfen! Dedi. Zaten denesen de bir işe yaramaz, zira telefonum ellerinde ve yenisini almaya şimdilik hiç niyetim yok.

-Hemen gidecek misin? Diye sordu Isabelle. Ayrılık anlarını hiç sevmezdi. Hüzünlüydü ve gözleri buğuluydu. Daha seni nerede tuttuklarını bile söylemedin.

-İşin o kısmına hiç bulaşma!

-Öyle olsun bakalım, dedi kadın. Serge'in onu korumak niyetiyle durumu gizlediği her halinden belliydi.

-Buradan üç dört sokak ötede üyelerimizden birine ait bir bar var. Altındaki şarap mahzeninin bir bölümünü gizli evrakları saklamakta kullanıyoruz. Oraya gizlediğim şeylerin kopyalarını alıp, pazarlıkta bir koz olarak kullanacağım. Sonuçta bu bir satranç ve karşılıklı hamleler yapıp, sonucu göreceğiz.

-Umarım işe yarar.

-Denemeden bilemeyiz, diyen Serge, kısa süreliğine gördüğü aşkından ayrılmak için toparlandı. Ellerini sıkı sıkı tutarak "hoşça kal, seni görmek güzeldi aşkım" dedi. Önce sen çık, ben de peşinden ayrılacağım.

-Peki! Kendine dikkat et lütfen, diyen Isabelle buğulu gözlerle kafeyi terk etti. Serge, onun çıkmasından bir iki dakika sonra bahsettiği barın yolunu tuttu. Bölgeyi o kadar iyi tanıyordu ki, hangi ara sokağın nereye çıktığını en ince detayına kadar biliyordu. Hedefine yaklaşığından uzaktan girip çıkanları izledi. Ortalık oldukça hareketliydi. Arka taraftaki personel girişine yöneldi. Barmenlerden biri dışarıda sigara içiyordu ve Serge'i hemen tanıdı. Uzun zamandır uğramıyordun, nerelerdesin? Diye sordu. Anlatırım, diye yanıt verdi Serge. Arkadaşı Alain'i bulması gerekiyordu. O, barın kağıt üzerindeki sahibi olduğu gibi, işletmenin tüm kontrolü de ondaydı. Patronun nerede? Diye sordu ismini bilmediği genç barmene.

-Arkadaşlarıyla içki içiyordu, içeri geçersen görebilirsin, dedi barmen.

-Biraz acelem var, içeri girersem beni oyalarlar, rica etsem çağırabilir misin? Diye sordu. Bakışlarından peşin bir minnettarlık havası seziliyordu.

-Elbette, biraz beklersen, gidip haber verebilirim.

-Çok sağ ol genç adam, diye karşılık veren Serge, arkadaşını beklemeye koyuldu. Bir süre sonra neşeli yüz ifadesiyle Alain belirdi. Buram buram alkol kokuyordu.

-Seni görmek çok güzel dostum, diyerek girdi söze...

-Seni görmek de öyle, dedi Serge. Arkadaşının elini sıktıktan sonra "Çok zamanım yok. Mahzende yıllanmaya bıraktığın Chianti şaraplarından birini almam lazım. Bir arkadaşın doğum günü için" dedi. Alain, iki kelimenin şifre içerdiğini biliyordu: Chianti ve doğum günü. Elini cebine atıp, karıştırdıktan sonra mahzenin anahtarını arkadaşının eline tutuşturdu ve kulağına eğilip "kasanın şifresi aynı" diye fısıldadı.

-Sağ ol dostum, diyen Serge, her zaman güvenilir bulduğu arkadaşını baştan aşağı süzdü. Size katılamayacağım için üzgünüm, işimi hallettikten sonra anahtarı çocuklardan birine bırakırım, dedi.

-Hiç sorun değil, dedi Alain.

-Yakında görüşürüz o halde.

-Tamam, kendine dikkat et!

-Sen de!

Serge, mahzene girip, kapıyı arkadan sürgüledi. İçki şişeleri ve dev şarap fıçılarının arasından geçip, ofis olarak kullandıkları arka odaya geçti. Çelik kasadan aldığı evrakları tek tek inceledi. Orta gizlilikte olanları bir kenara bıraktı. Üzerinde "top secret" yazan belgeleri bir süre inceledi. Bazılarını eledikten sonra, Markus'a vermeyi düşündüklerinden birer fotokopi çekti ve bunları şeffaf bir dosyaya bıraktı. Sonra bu belgeleri atletinin içine attı. Kağıtların düşmesini önlemek için, kemerini iyice sıktı. Sonra evrakların orijinallerini kasaya kapatarak, yalnızca personel tarafından kullanılan barın arka ofisine geldi. Anahtarı garsonlardan birine uzatıp "bu Alain'e ait" deyip çıktı.

Isabelle'le buluştukları kafeye geri dönüp, bir şeyler atıştırdıktan sonra, belgeleri teslim etmek üzere İsviçre sınırına doğru yola koyuldu. Komşu ülkeye varmak için Dijon güzergahını seçti, zira Lyon'a uğraması için bir gerekçesi kalmamıştı.

Markus'u bir telefon kulübesinden kendisini arayacak ve kamera sistemlerinin kapanmasını sağladıktan sonra yerine geçecekti. Böyle anlaşmışlardı.

Yol boyunca dalgındı. Isabelle'i öylece bırakıp gelmek onu üzmüştü. İsviçre topraklarına geçtikten kısa bir süre sonra ufak bir kaza atlattı. Çok dalgındı ve bu durum ona neredeyse pahalıya mal oluyordu. Yoldaki kar tümseğine dikkat etmeyerek hızını düşürmediği için aracı neredeyse takla atıyordu. Sendeleyerek savrulan jeepi kenara çekip bir süre soluklandı. O sırada geçen ve durumu fark eden bir sürücü yaklaşıp "bayım iyi misiniz, her şey yolunda mı?" diye sordu. Adamın ilgisine teşekkür eden Serge "buralarda telefon açabileceğim bir yer var mı" diye sordu. Adam ana yol üzerinde yaklaşık on kilometre sonra bir postane olduğunu, acil bir husus varsa telefonunu kullanmasında bir sakınca olmadığını söyleyince "işim uzun, siz devam edin lütfen, çok teşekkür ederim" deyip yeniden yola koyuldu. Postaneye varınca, sorgucuyu aradı. Birkaç denemeden sonra yanıt veren Markus:

-Neredesin? Diye sordu.

-Vallorbe civarında bir yerdeyim, diyerek karşılık verdi.

-Yakın sayılırsın. Ana yoldan hiç sapma, nirengi noktası olarak tarif ettiğim dik yamaçlı tepelikten sonra yavaşla...

-Bahsettiğin yeri iyi biliyorum. Peki sonra?

-Etrafta biraz oyalan. Saat tam beşte seni bıraktığım noktada olacak şekilde gel. Ben gerekli ayarlamaları yaparım. Sakın daha erken ya da geç gelme!

-Anladım.

Serge, sorgucunun dediklerine harfiyen uydu. Buluşma saati gelene kadar araçta oyalandı ve istenilen noktaya geldiğinde saat beşi birkaç dakika geçiyordu. Yolun kenarına rastgele bıraktığı jeepten alelacele inip, Markus'a doğru yöneldi. Sorgucu ona kaldığı yere kadar refakat ettikten sonra kamera sistemini yeniden faal hale getirmek için, sistem odasına yöneldi. Birkaç dakika sonra yeniden Serge'in yanına geldiğinde oldukça sabırsız görünüyordu.

-Çabuk döndün, umarım isteğim şeyleri getirmişsindir, dedi. Serge, derin bir nefes aldıktan sonra:

-Her şey yolunda, merak etme, diyerek karşılık verdi. Eğer hazırsan bilgi aktarımına başlayabilirim. Buradan bir an önce gitmek istiyorum ve bunu hak etmek için elimden geleni yapmaya hazırım.

-Peki o halde, başlayalım. Bakalım getirdiklerin özgürlüğüne kavuşman için yeterli mi?

Koyu bir sohbete hazırlanan iki eski dost gibi karşılıklı oturdular.

-Öncelikle gizlilik yöntemleri hakkında bilgi vereceğim, dedi Serge.

-Nasıl istersen...

-Eski dönemlerde kullanılan yöntemler farklıydı. O konu üzerinde durmak vakit kaybı olacağından yakın zamanlardan bahsetmek daha aydınlatıcı olur.

-Peki!

-1950'li yıllardan sonra özellikle istihbarat servislerinin takip ve dinleme yeteneklerinin gelişmesi, örgütün konsey üyelerini farklı arayışlara itti. Kendi aralarında uzun uzadıya müzakereler yaptılar. Bir uzlaşıya varmaları ve eski yöntemleri terk etmeleri yirmi yıla yakın zaman aldı. Çünkü bazı üyeler statükocuydu ve yeni yöntemlere soğuk bakıyorlardı. Tüm tartışmaların sonucunda, çok zeki bir üye olan İtalyan asıllı Marco Favalli'nin yöntemleri üzerinde mutabık kalındı. Favalli, Milano doğumlu olmasına rağmen hayatının önemli bir bölümü İspanya ve Almanya'da geçmişti. Onun yönlendirmeleriyle 1970'lerden itibaren İngilizce

İspanyolca bir sözlük gizli haberleşme yöntemleri için kullanılmaya başlandı.

-Bir sözlük yardımıyla haberleşmek mi? Kulağa ilginç geliyor. Ayrıntısıyla anlatırsan memnun olurum.

-Üst düzey örgüt üyeleri bürolarında veya kütüphanelerinde mutlaka o sözlükten bir tane bulunduruyorlardı. Diyelim ki organizasyona üyesin ve bir sonraki toplantıyı işaret eden bir mesaj aldın. Sana yazılmış sıradan hal hatır sorma içerikli mesaj birileri tarafından ulaştırıldığında, son kelimesine dikkat etmek zorundaydın. Bu noktada İngilizce kelimenin İspanyolca karşılığı önemliydi. Sözlükteki ilk anlamı kaç harften oluşuyorsa haftanın o günü toplantı olacak demekti. Örneğin mesaj "have nice evening" ile bitiyorsa "evening" kelimesinin karşılığına bakmalıydın. Bu durumda gördüğün "noche" olacağından beşinci gün yani Cuma günü toplantı olacağı anlaşılırdı. Yazı üç noktayla bitirilmişse bu kural dışı istisnai bir durumu ifade ederdi. Bu dönemde toplantı olmayacağı ve gizlilik ihlali olasılığına işaretti. Pazartesi ve Salı günleriyse asla toplantı yapılmazdı. Buna işaret edebilecek bir veya iki harfli kelime bulma problemi bir tarafa, o günlerin uğursuz olduğu düşünülürdü ve gizemi eski yıllardan kaynaklıydı.

-İlginç bir haberleşme yöntemi. Peki toplantı yeri nasıl belirleniyordu?

-Bu konuyla ilgili birkaç evrakı yanımda getirdim. İstediğin detaylar yazılı. Genel hatlarını soracak olursan, ülkeler ve şehirler için ayrı kodlamalar kullanılırdı. Bahsettiğim sözlüğün sonunda bir dünya haritası vardı. İspanyolca konuşulan ülkeler mavi renkte gösteriliyordu. Diğer ülkeler için farklı renkler kullanılmıştı. Örneğin Türkiye beyaz, Birleşik Devletler turuncuydu ve tüm bunların da bir anlamı vardı. Gönderilen mesajın yazılı olduğu kağıt beyazsa, bu toplantının Türkiye'de, maviyse Peru'da, turuncuysa Birleşik Devletler'de olacağı anlamını taşırdı. Toplantılar bu üç farklı ülkede gerçekleştirilmekle birlikte en sık gidilen ülke Türkiye idi. Benim faal olarak çalışmaya başladığım dönemde de en gizli toplantıları Kapadokya'da ya da Antakya'da bulunan bir kilisede gerçekleştiriyorduk. Yapımından uzun yıllar sonra zeminin altında kimsenin bilmediği, küçük bir mağarayı andıran bir oda keşfetmiştik... Yüzyıllar evvel orayı kim ne amaçla inşa etmişti bilmiyorum. İçi pek ferah sayılmazdı, ama dinlemeye karşı birebirdi.

-Neler konuşulurdu?

-Toplantılarda dünya barışını korumaya yönelik propaganda yöntemleri, örgüte yeni finans kaynakları sağlama yolları ve dünya kamuoyunu etkilemeye yönelik çalışmalar gözden geçirilirdi. Sovyetlerin dağılması sonrası, özellikle küreselleşmeye ve süreci destekleyen güç odaklarına karşı atılacak adımlar ve protesto gösterileri organize edilirdi. Bize bağlı gazetecilerin yazacakları makalelerin içerikleri bile belirlenirdi.

-Gelişen yeni durumlara göre tavır alınıyordu yani, doğru mu?

-Aynen öyle. İnternetin kullanılmaya başlandığı yıllardaysa bizden bilgi alınmasını önlemeye yönelik tedbirler devreye sokuldu. Bir yazılım mühendisi bize özel bir iletişim ağı oluşturdu. Sistemin ana server'ları, Kapadokya'da güvenli bir yerde saklandı. Bir ev satın alıp, bodrum katına sistem odası kurmuştuk. Bilgi akışı oradan sağlanıyordu. Çok gerekli değilse internet kullanımından kaçınıyorduk, ama modern zamanlarda iletişim hızının önemini düşünecek olursak, zaman zaman kendi kanallarımızı veya uluslararası mail sistemlerini kullanmak zorunlu bir hal alıyordu. Yazışmalar sanal ortamda da belli şifreler içeriyordu ve başkalarınca anlaşılmaması için gerekli her türlü çaba sarf ediliyordu.

-Hiyerarşik yapı nasıldı?

-Örgüte daima farkındalığı yüksek kişiler seçilirdi. Buna yönelik çalışmaları özel bir birim olan "seçiciler kurulu" yapıyordu. Yıllarca istihbarat başka farkındalık başka prensibi benimsenmişti. Bakmak, hatta bir takım bilgiler elde etmek değil, görmek önemliydi.

-Hiyerarşiden kastım, şematik olarak ast üst ilişkileriydi, esas o noktayı merak ediyorum, diyerek araya girdi Markus.

-Hiyerarşinin en tepesinde iki kişilik başkanlık konseyi var.

-Bunlardan birisi sensin doğru mu?

-Evet. Bize bağlı on kişilik danışma konseyi var. Onların altında birbirinden habersiz komiteler ve onlara bağlı istihbarat ajanları ve gönüllüler... En alt rütbedekiler sadece bir komite üyesini, komite üyesi de bir konsey üyesini tanıyor. Sistemin tamamen deşifre olmaması için böyle bir yapı kuruldu. Bu sayede bir bölümü afişe olursa o kısım kangren olmuş bir organ gibi kesilip atılacaktı.

-Önemli üyelerin gerçek ve kod adları... Ajan listeleri? Üstlerimin esas olarak bilmek isteyeceği hususlar bunlar olacak.

-O noktada ufak bir sorunumuz var, diyen Serge, yeterince inandırıcı olup olamayacağı konusunda kuşkuluydu. Hayal kırıklığına uğramış izlenimi veren bir ifade takınan sorgucu "sorundan kastın nedir?" Diye sordu.

-Bilgilerin sadece yarısı bende. Diğer yarısı Danimarka asıllı yönetici Erling Mikkelsen'de saklı. Kod adı Martin. Birkaç yıl evvel, bilgilerin önemli bir bölümü internet bağlantısı olmayan bir bilgisayarda yazılıp kaydedildi. Bunun da güvenlik riski taşıyabileceği hesaplanarak ajan listeleri elle, iki parça halinde yazıldı. Ön isimler bende soyadları Mikkelsen'de. İlgili kişinin anne adı, doğum yeri bende yazılıysa baba adı, doğum tarihi ondaki evrakta yazılı. Puzzle gibi düşünürsen, ondaki bilgiler olmadan organizasyonun içyapısıyla ilgili yüzde yüz fikir sahibi olmanız olanaksız. Bendeki tüm bilgileri eksiksiz not eder; getirdiğim belgeleri incelersen, toplam bilginin yaklaşık yüzde yetmişi elinde demektir. Diğer yüzde otuzla ilgili söz vermemekle birlikte, elde etmeye çalışacağım.

-Peki, sana güveniyorum, dedi sorgucu.

-Adamlarımız oldukça iyi eğitilmişti ve çok dikkatli davranıyorlardı. Hepsi 'akg' yani 'asla kimseye güvenme' felsefesi doğrultusunda hareket ediyorlardı. Kabul edersin ki güven olayı her örgüt için büyük bir sorundur.

-Tamamen haklısın, dedi Markus.

Bu sözlerden sonra en önemli kozunu sorgucuya vermek için, atletinin içine sakladığı evrakları çıkartan Serge, bunları uzatırken oldukça üzgün görünüyordu. Yüz ifadesi, uzun süren bir savaşı kaybetmiş ve bunu kabullenmiş gururlu bir generali andırıyordu. Sorgucu durumu fark edince konuyu değiştirme ihtiyacı duyarak:

-Hayat işte, bazı şeyler elimizde değil. İnsan yaşamı boyunca sorunlarla karşılaşıyor, hesapta olmayan acılara katlanmak durumunda kalıyor. Sonuçta pek çok şeyle baş etmek zorunda bırakılıyor. Bunun seninle de benimle de bir ilgisi yok, dedi.

-Sanırım beni teselli etmek istiyorsun.

-Bir ölçüde, dedi sorgucu. Kısa bir sessizlikten sonra, peki, sence Tanrı'nın mesajı nedir? Ne anlamalıyız tüm bunlardan? Okuduklarından ve yaşadıklarından çıkardığın nihai sonuç nedir? Diye sordu Markus. Yüz ifadesi oldukça ciddiydi.

-Hayatın elbette ki bir amacı olmalı. Bana kalırsa Tanrı şunu demek istiyor: 'Sonsuzdan beri varım. Sonsuza kadar da olacağım. Bir hiçlik iken, sana hayat verdim. Sonsuz karanlık yerine kısmen de olsa aydınlık yaşıyorsun ve bunun bir bedeli olmalı.' Hayat yürüyüşümüzde yaşadığımız güçlükler bu bedelin bir sonucu diye düşünüyorum.

-Peki, sence Tanrı herkese eşit davranmıyor mu?

-Esas soru şu olmalı belki de: Eşit davranmalı mı? Bu konuda diğer insanlardan farklı düşünüyorum, zira eşitlik çok tuhaf ve bir o kadar da göreceli bir kavram. Öncelikle bunu bilmek lazım. Adaletle eşitliği birbirine karıştırırsan yanılırsın. Çünkü ikisi aynı şey değildir. Herkes hak ettiğini yaşayacaksa zaten eşitlik diye bir kavram söz konusu olamaz.

-Nedenmiş o?

-Hayat boyu çekilen sıkıntılar aynı olmadığına göre, elde edilen de eşit olamaz, olmamalı... Adalet, hak edene hakkını teslim etmektir ve amacı eşitliği sağlamak değildir.

-İlginç bir yaklaşım, dedi sorgucu. Her neyse şimdilik bu kadarı yeterli sanırım.

-Neden acele ediyorsun?

-Çünkü benden haber bekliyorlar.

-Anlıyorum.

-Birazdan görüşürüz!

-Nasıl istersen, dedi Serge.

Sorgucu, not ettiği bilgiler ve Serge'in getirdiği belgelerle ilgili olarak üstlerini bilgilendirmek üzere odadan çıktı. Güvenli hattan bağlı olduğu yöneticiyi arayıp, detayları anlattı. Kendisini dikkatle dinleyen adam, oldukça sakin ve kendine güvenli ses tonuyla "evrakları kendi kuryelerimizden biriyle Brüksel'deki ofisime yollayın, incelemem gereken hususlar olacak. Bir tutarlılık testi yapacağım" dedi. Sorgucu heyecanlı bir ses tonuyla:

-Efendim, tam olarak kastınız nedir? Diye sordu.

-Daha önce bize ulaşan bilgilerle çelişen şeyler var mı ona bakmam lazım, dedi.

-Anlıyorum efendim. Peki adamı burada tutmaya devam edecek miyiz?

-Bırakın gitsin. Bu tarz dava adamları iceberg gibidir. En derin kısımlarını göstermek istemezler. Bazen işkence bile sonucu değiştirmez. Yalnız, peşine bir adam takmayı unutma! Hareketli hali daha çok işimize yarayacak. Muhtemelen diğer başkanı arayıp, yeni bir yol izleyeceklerdir.

-Nasıl isterseniz efendim.

Markus, görüşmenin bitimiyle beraber neşe içinde Serge'in yanına geldi.

-Sana iyi haberlerim var, dedi.

-Nedir? Diye sordu Serge.

-Diğer bilgileri getirmen konusunda bir mecburiyetin yok ve artık serbestsin. Bundan sonrası sana kalmış ve benimle iletişime geçmek istersen yerimi biliyorsun.

-Umarım bir gün tekrar görüşürüz. Elbette ki başka şartlarda!

Not defterini adama uzatan sorgucu "bunu düşürmüşsün" dedi.

-Teşekkür ederim.

-Mavi jeepi alabilirsin. Bir adamım seni ilk yakaladığımız noktaya kadar eşlik edip, bırakacak. Aracı ona teslim edersin. Artık özgürsün!

-Neden evime değil de oraya?

-Bu bir kural, detayına çok takılma!

-Peki, öyle olsun, zaten evime çok yakın bir yer...

-Hoşça kal, sohbetlerini özleyeceğim.

-Umarım başka zaman, başka bir yerlerde görüşürüz!

-Umarım, dedi sorgucu.

Serbest kalan Serge, birkaç saat sonra Lyon'un yolunu tuttu. Yanında Markus'un adamlarından biri vardı. Kullandığı araç henüz İsviçre topraklarındayken, alışveriş bahanesiyle bir benzin istasyonuna yanaştı. Adama araçta beklemesini ve hemen döneceğini söyledi. Hızlı adımlarla markete yönelen Serge, rastgele birkaç bisküvi ve içecek aldıktan sonra market yetkilisine "ufak bir kaza geçirdim ve telefonum arızalandı, buralarda kullanabileceğim bir cihaz var mı?" diye sordu. Görevli adamı baştan aşağı süzerek "karşıdaki sebze reyonlarının arkasında bir kabin var" diyerek yanıt verdi. Serge, teşekkür ettikten sonra oraya doğru yönelip, diğer başkan Erling Mikkelsen'ı aradı. Şanslıydı, zira Mikkelsen çağrıya hemen yanıt verdi. Oldukça heyecanlı bir ses tonuyla:

-Martin merhaba, Donuk Volga planına geçiyoruz, dedi. Arkadaşı, merhaba, nasılsın gibi ifadeleri bile kullanmadan konuya girdiğine göre sorun büyüktü. Erling Mikkelsen:

-Durum ne kadar kötü? Diye sordu.

-İki mavi nokta hariç her şey, diye yanıt verdi Serge. Diğer başkan için durum berraktı. İki kritik sırları hariç her şey afişe olmuştu.

-Bir gün böyle bir gelişme olacağı belliydi. Teknoloji ve izleme teknikleri gelişti. Son dönemde ben de takip altındayım. Genel yapımızı çözdükleri çok belliydi.

-Hiç vaktim yok dostum! Plana geçişimiz uygun mudur?

-Herkes davayı bırakıp, normal akışa dönecek. Durumu diğer dostlarla da paylaşacağım. İleride belli düzelmeler olursa yeniden 'Saint Nehri durgun akıyor' aşamasına geçebiliriz.

-Anlaşıldı. Her şey için şimdiden teşekkür ederim. Sanırım uzun süre görüşemeyeceğiz.

-Herkesin güvenliği için en doğrusu bu... Ulaşabildiğin herkese bilgi aktarımı yapabilirsin. Kendine iyi bak dostum!

-Sen de!

Telefonu kapatıp, hızlı adımlarla araçtaki yerini aldığında rahatlayan Serge'in omuzlarındaki yük kısmen de olsa azalmıştı. İçinden "Şimdi eve gitme vakti. Her şeyi donmaya bırakarak" dedi. Bunun bir huzur yolculuğu olması tek dileğiydi.

SON

Don't miss out!

Visit the website below and you can sign up to receive emails whenever Suleyman Turan publishes a new book. There's no charge and no obligation.

https://books2read.com/r/B-A-FAJX-LTQGC

Connecting independent readers to independent writers.

About the Author

Suleyman Turan was born on 6th May 1976, in Tunceli. He graduated from Akdeniz university tourism faculty in 1999. He can speak Turkish, French, English and a little Italian. Turan wrote ten books about philosophy and politics.

About the Publisher

Suleyman Turan was born on 6th May 1976, in Tunceli. He graduated from Akdeniz university tourism faculty in 1999. He can speak Turkish, French, English and a little Italian. Turan wrote ten books about philosophy and politics.

Read more at https://suleyman-turan-eserleri.business.site/.